MARY LONDON

Après une carrière de chercheur spécialisé dans l'histoire des religions, la romancière britannique Mary London se découvre une passion pour l'intrigue policière, et devient vite une adepte du polar à l'anglaise. Ont déjà été publiés : *Un meurtre chez les francs-maçons* (1998), *Le crime étrange de Greenwich* (1998), *Sept ladies pour un meurtre* (1998), *Le parfum d'un crime* (1998), *Meurtre par superstition* (1999), *Un crime trop parfait* (1999), *Un crime chinois* (2000), *La double mort de Thomas Stuart* (2000), *Le mort de la Tamise* (2000), *Le crime du corbeau* (2000), *Un crime sans assassin* (2001) et *Un crime exemplaire* (2001). Aujourd'hui sexagénaire, Mary London vit près de Londres.

LE CRIME DU CORBEAU

DU MÊME AUTEUR
CHEZ POCKET

UN CRIME CHINOIS
UN CRIME TROP PARFAIT

MARY LONDON

UNE ENQUÊTE
DE SIR MALCOLM IVORY

LE CRIME
DU CORBEAU

Traduit de l'anglais
par J.-P. Baudricourt

ÉDITIONS DU ROCHER

Titre original :
THE CROW'S CRIME

ISBN 2-266-11382-8

Chapitre 1

Aux premiers jours de mai, Dorothea Pickwick mettait en œuvre le grand nettoyage de printemps. Falcon Manor, la prestigieuse demeure de sir Malcolm Ivory, bruissait dès lors d'une activité inaccoutumée. Wen Chang, le domestique chinois, était, chaque année, stupéfait par le déploiement d'énergie de la majordome à cette occasion. Trois garçons, choisis par ses soins attentifs dans le village voisin, venaient apporter leur concours aux dix rudes journées durant lesquelles le rez-de-chaussée et les deux étages du manoir étaient livrés aux scrupuleuses directives de la vieille dame.

Sir Malcolm n'avait d'autre solution que de se réfugier dans la bibliothèque, à l'abri des aspirateurs, des balais et autres engins propices à remettre les lieux dans l'état idéal qu'imaginait Mrs Pickwick. En fait, Falcon Manor était entretenu durant toute l'année avec un soin si méticuleux que ces exercices de printemps n'apportaient guère de changement à la propreté et à l'organisation exemplaires du domaine, mais lorsque Mrs Pickwick avait décidé d'agir, nul, y compris Sa gracieuse Majesté, n'eût été capable de l'en empêcher.

Elle avait été embauchée par sir Philip, l'antiquaire, alors qu'elle n'avait pas vingt ans. À cette époque c'était lady Mary qui dirigeait la demeure, avec l'élégance, la souplesse qui caractérisent les vraies aristocrates. Dès son entrée, Dorothea était tombée sous le charme de cette femme délicate, quelque peu diaphane, qui partageait son temps entre les bonnes œuvres, le piano dont elle jouait à ravir et la serre aux orchidées, sans doute l'endroit de la demeure qu'elle préférait. C'était lady Mary qui avait initié très jeune son fils unique à l'art subtil des épiphytes exotiques.

La majordome avait peu connu sir Malcolm en ces années-là. Le jeune homme achevait ses études à l'université et lorsqu'il venait en vacances c'était pour s'enfermer dans la bibliothèque paternelle avec ses livres, ou se livrer à des parties d'échecs solitaires dans la véranda. Plus tard, après la terrible disparition de lady Mary, emportée par ce que l'on appela pudiquement la grippe espagnole, le jeune homme avait quitté Falcon Manor pour son service à l'armée. Il l'avait effectué en Afrique du Sud. À peine rentré, il s'était lancé dans une série de voyages en Asie qu'il n'avait interrompus que pour revenir au chevet de sir Philip, quelques jours avant la fin de ce dernier.

Ainsi Dorothea Pickwick s'était retrouvée, en quelque sorte, héritière du domaine et, bien qu'elle eût le plus grand respect pour le fils de ses anciens maîtres, elle nourrissait un certain sentiment de supériorité sur celui qui, après tout, avait moins vécu qu'elle dans les lieux. Néanmoins, elle avait vite compris qu'après la disparition de ses parents sir Malcolm allait rompre avec ses voyages et désormais s'installer à Falcon Manor. Elle avait dès lors espéré qu'il se marierait, reformant, une génération plus tard, l'ambiance familiale qu'elle avait connue du temps de lady Mary et de sir Philip.

En fait, sir Malcolm était un célibataire endurci doublé d'un original d'une espèce très particulière. Mrs Pickwick devait bien l'admettre. Car non content de s'abîmer souvent dans des livres aux titres abscons, de tenter des amalgames d'orchidées aux fleurs impudiques et de faire collection de whiskies rares dans son appartement discret de Soho, ce diable d'homme collaborait avec Scotland Yard, fréquentant ainsi une humanité dépravée que la brave Dorothea ne supposait faite que de ruffians, d'escrocs et de prostituées. Comment un aristocrate pouvait-il frayer avec des gens si vulgaires, si malsains et, en un mot, si pervers ? Qu'auraient pensé la délicieuse Mary et le noble sir Philip de telles incartades dans la lie des bas-fonds ? Mrs Pickwick oubliait, sans doute volontairement, que lors de ses enquêtes, sir Malcolm Ivory fréquentait surtout les plus hautes sphères de la police londonienne qui ne l'appelait à l'aide qu'à l'occasion d'enquêtes se déroulant dans le meilleur monde. Quant à ses virées nocturnes à Soho qu'elle imaginait sous les auspices les plus condamnables, elles n'étaient, en vérité, que des soirées passées au théâtre, dans quelque restaurant exotique dont il raffolait, à un tournoi d'échecs ou à son club, le club des Scriveners réservé, en principe, à l'élite des écrivains, des éditeurs et des bibliophiles de la capitale.

Néanmoins, sous son aspect bougon, la vieille majordome possédait un cœur d'or et nourrissait pour le fils Ivory une affection très profonde. En disparaissant, lady Mary et sir Philip n'avaient-ils pas, en quelque sorte, confié sir Malcolm à ses soins attentifs ? Sans doute fallait-il entretenir quelque distance et Mrs Pickwick n'oubliait-elle jamais de garder son rang, mais de temps en temps ses remarques laissaient entrevoir que sous le couvert de la domestique appliquée à bien faire se cachait une conscience imbue de ses prérogatives. Elle était dépositaire de la continuité de Falcon Manor et de sa dignité. Elle ne manquait jamais de le faire savoir, fût-ce sous des reproches à peine déguisés en mauvaise humeur.

Sir Malcolm, qui la connaissait bien et l'estimait, acceptait avec humour cette situation paradoxale. Mrs Pickwick faisait un peu partie de la famille, après tout ! Elle était comme une grand-tante légèrement acariâtre et profondément dévouée. Elle tenait le manoir avec une main de fer, ce qui permettait à l'aristocrate de se désintéresser de toutes les questions subalternes inhérentes à une grande maison. De plus, au fil du temps, elle avait appris la cuisine dans le manuel du révérend Samuel Prettycoat ; certes, il s'agissait d'une cuisine strictement anglaise et, de surcroît, codifiée par un pasteur anglican, mais sir Malcolm avait appris à y trouver un charme plutôt austère et rustique, sachant qu'il se rattraperait de tant de fadeurs dans ses chers restaurants chinois ou indiens de Soho !

L'arrivée de Wen Chang à Falcon Manor avait d'abord choqué Mrs Pickwick. D'où sir Malcolm ramenait-il cet individu ? Pour elle, toute personne n'ayant pas au moins trois générations de Footguards dans les veines appartenait à une zone géographique indistincte entre le Zambèze, le Cambodge et le pôle Sud. Or Wen Chang, le jeune Chinois, avait été sauvé par l'aristocrate d'un complot qui l'accusait du meurtre de son employeur. Tout au contraire, sir Malcolm avait reconnu en lui des qualités de loyauté et de dévouement qui l'avaient incité à l'engager comme second de Mrs Pickwick. L'âge venant, la chère femme commençait à avoir besoin d'aide et, bien qu'elle ne voulût point admettre la fatigue inhérente à ses soixante ans, elle finit par accepter la présence du jeune Chinois sur son territoire.

Toutefois, il était des responsabilités qui n'appartenaient qu'à elle seule. Elle régnait de droit divin sur le ménage et, en particulier, sur les grands nettoyages de printemps et d'automne. C'est elle qui répondait à la sonnette d'entrée et à la sonnerie du téléphone, écartant ainsi les importuns. De même, c'était elle qui dressait la liste des commissions que Wen Chang avait pour mission d'acquérir. Et, honneur suprême, c'était elle et nul autre qui avait le droit d'apporter quotidiennement le courrier au maître de céans.

À cette occasion, après qu'elle eut déposé le plateau contenant les lettres sur le bureau de sir Malcolm, elle demeurait toujours un peu dans la pièce à épousseter symboliquement quelques meubles et statuettes, tant elle redoutait que chaque courrier amenât une nouvelle affaire de Scotland Yard. Or, ce jeudi de mai, elle remarqua que l'aristocrate s'attardait sur une enveloppe de couleur bleue, puis brusquement l'ouvrait à l'aide du coupe-papier, dépliait vivement la lettre, la lisait, haussait les épaules et, vivement, la froissait entre ses mains avant de la jeter d'un geste vif dans la corbeille à papiers.

La curiosité s'alliant au respect de l'ordre, Mrs Pickwick s'approchait vivement de cette corbeille afin d'en vider le contenu lorsque sir Malcolm, prévoyant son geste, se pencha et reprit la lettre qu'il avait chiffonnée, la reposa sur le bureau et, du plat de la main, entreprit de la lisser pour la remettre en l'état. Ainsi la majordome, au-dessus de l'épaule de son maître, put-elle lire : « Salut. Le monde est pourri. Les membres du Scriveners club encore plus. Tremblez ! Vous allez connaître la vérité sur vos vices. À bientôt. » Et c'était signé « le Vengeur ».

– Oh, chère Dorothea, fit sir Malcolm en s'apercevant de la rougeur subite qui avait envahi les pommettes de la chère femme, ce n'est qu'une lettre anonyme comme il en est tant ! Il ne faut guère y faire attention.

– Certainement, sir, balbutia Mrs Pickwick en s'éloignant à grands pas comme poursuivie par le diable, mais que le monde est mauvais ! Que les gens sont horribles ! Et que Dieu nous garde !

L'aristocrate sourit et rangea la lettre dans le sous-main en cuir de Cordoue de son bureau.

Chapitre 2

Une heure après que sir Malcolm Ivory eut pris connaissance de la lettre anonyme, Dorothea Pickwick réapparut dans le bureau. Un certain Thomas Scalon appelait l'aristocrate au téléphone. Devait-on l'éconduire ?

– Surtout pas ! s'écria sir Malcolm. Jamais il ne m'a appelé ici. Je devine ce qui l'amène à le faire…

Il prit la ligne sur son téléphone personnel. Scalon était membre des Scriveners. Auteur fort à la mode, il venait de publier son vingt-sixième roman d'amour intitulé : *Le Péché d'Elen Scrawford*, roman qu'Ivory s'était bien gardé de lire car ce genre de littérature lui semblait aussi indigeste que les puddings de Mrs Pickwick. De plus, chacune de ces fictions était entrelardée de pages croustillantes où l'érotisme avait une fâcheuse tendance à flirter avec la pornographie la plus médiocre. Aussi Thomas Scalon avait-il eu quelque mal à rentrer dans le club plutôt puritain des Scriveners, mais finalement les membres les plus hostiles avaient fini par succomber et par voter pour lui. N'avait-il pas apporté en dot la somme de vingt-cinq mille livres et, comme la somme ne suffisait pas, un magnifique portrait de Dickens par Trueman qui avait emporté les suffrages ?

– Allô, sir Malcolm Ivory ? Ici, Scalon ! Écoutez, vous savez que je viens de publier un nouveau roman. Eh bien, je viens de recevoir une lettre anonyme certainement destinée à nuire à ma réputation. À travers le club des Scriveners, on me veut du mal ! Il faut faire cesser cette infamie ! Vous qui êtes bien avec la police, que pouvez-vous faire ?

La voix du romancier trahissait la colère mais aussi l'angoisse.

– Cher ami, répondit sir Malcolm, j'ai reçu la même lettre que vous. Elle ne vous est donc pas spécialement destinée. Reprenez donc votre sang-froid, je vous prie.

– Sang-froid ! tonna l'autre. Comment voulez-vous que je garde mon sang-froid alors que mon nom risque d'être traîné dans la boue ? Vous savez comment sont les journalistes ! S'ils ont vent de cette lettre ignoble, ils vont en faire leurs choux gras !

– Pour l'heure, rien ne nous dit que la presse soit au courant de cette lettre qui, à mon avis, risque de n'être qu'une farce ridicule. De plus, je vous rappelle que votre nom n'est même pas cité dans ce chiffon !

– Mais je fais partie des Scriveners !

– Moi aussi, et bien d'autres ! Nous sommes cent quarante-quatre ! Écoutez, Scalon : je vais téléphoner à Charles Crown, le secrétaire du club, et, de toute façon, je me rendrai demain sur place afin de rencontrer les membres du cercle des Majors qui ont l'habitude d'y venir pour le thé. Serez-vous des nôtres ? À mon avis, tous les membres ont dû recevoir cette lettre. Nous aviserons, mais je le répète, c'est sûrement l'œuvre d'un mauvais plaisant.

– J'en suis moins sûr que vous, sir Malcolm, mais c'est d'accord : à demain, cinq heures !

– N'oubliez pas d'apporter la lettre avec son enveloppe.

– Entendu !

Scalon raccrocha. « Mais, pensa Ivory, de quoi a-t-il peur ? Pourquoi s'inquiéter à ce point si l'on n'a rien à cacher ? Le message parle de "vices". Tout le monde n'est-il pas au courant que le romancier Thomas Scalon est un auteur licencieux, voire salace ? S'est-il jamais caché de son goût pour les femmes et, en général, pour les situations scabreuses ? Encore était-ce dans l'imagination et dans ses histoires... Aurait-il eu dans la vie réelle des expériences condamnables, passant de la fiction à la réalité ? » Telles étaient les pensées de sir Malcolm tandis qu'il formait le numéro téléphonique de Charles Crown.

Le secrétaire du club portait le titre pompeux d'archiviste général bien qu'à proprement parler il ne se fût jamais intéressé aux archives de la société. Crown était l'un des plus anciens membres des Scriveners. Il avait été nommé ou élu à son poste il y avait plus de trente-cinq ans et personne n'avait jamais songé à le remplacer. Encore vert malgré ses soixante-quinze ans et des rhumatismes intermittents, il avait publié jadis de petits traités d'économie sur les pays du Commonwealth, depuis longtemps tombés en désuétude. Cela ne l'empêchait pas de s'en targuer comme s'ils étaient à la source de son importante fortune. En fait, les membres du club devinaient que ses rentes lui venaient de la location des nombreux appartements londoniens qu'il avait reçus en héritage.

– Ah, sir Malcolm... Que me vaut l'honneur ?

– Cher archiviste général, veuillez me pardonner la liberté que je prends...

– Prenez, mon ami, prenez !

– Avez-vous reçu une lettre anonyme par le courrier d'aujourd'hui ?

– En effet. Un torchon que j'ai jeté au feu.

– Je pense que tous nos membres l'auront reçue.

– Croyez-vous ? Et, après tout, c'est bien possible. Un fou, un jaloux, quelqu'un comme ça. Vous savez, à mon âge, on a tout vu et plus encore... Je ne m'émeus pas pour si peu. Sir Malcolm, est-ce pour cette peccadille que vous m'appelez ?

– Thomas Scalon vient de me téléphoner à ce sujet. Il semblait inquiet.

– Oh, ces romanciers vous feraient une montagne d'un terrier de taupe ! Enfin du monticule, vous voyez ce que je veux dire... Et en parlant de ces bestioles, je pense à mon cousin germain Freddy Astair, vous voyez qui je veux dire... Eh bien, figurez-vous...

Et il entretint son interlocuteur d'une sombre et filandreuse histoire sans intérêt qui garda l'aristocrate au bout du fil près d'une demi-heure. Quand il put enfin raccrocher, sir Malcolm appela Wen Chang pour qu'il lui servît le thé et reprit la lettre et l'enveloppe bleue qu'il avait gardées à l'abri du sous-main.

Le timbre avait été oblitéré la veille à 23 heures à la grande poste de Londres. L'adresse avait été tapée à la machine à écrire avec d'assez gros caractères noirs. En revanche, le texte de la lettre avait été photocopié à partir d'un original tapé sur un autre type de machine à écrire que celle utilisée pour l'adresse. Les caractères en étaient moins gros et surtout moins lisibles, comme si le ruban encreur de la machine était usagé. Quant au papier utilisé, il s'agissait d'une demi-feuille blanche de format commercial comme on en trouve dans tous les bureaux d'Angleterre. Sans doute les services scientifiques de Scotland Yard pourraient-ils en tirer des conclusions plus subtiles, mais sir Malcolm hésitait à mêler la police à une histoire qui pouvait se révéler sans lendemain.

« Ce n'est que la première lettre d'une série, pensa l'aristocrate. Attendons la seconde. Si elle est également postée au même endroit que la première, je demanderai à Forbes de faire surveiller les lieux et d'appréhender le mauvais plaisant. » Il se souvenait douloureusement, en effet, de l'affaire Claridge dans laquelle, faute d'avoir intercepté le corbeau à temps, on n'avait pu empêcher le meurtre d'une jeune fille de vingt ans. Forbes en avait été tellement perturbé qu'il avait menacé de quitter la police, s'accusant à tort de négligence.

Le superintendant Douglas Forbes était un ami de sir Malcolm. Ils s'étaient connus au Transvaal alors qu'ils étaient militaires tous les deux. L'officier Ivory avait sauvé le sergent Forbes d'une mort cruelle alors qu'il était cerné par une tribu rebelle. Forbes, Irlandais d'origine populaire, en avait gardé une véritable dévotion pour l'aristocrate, d'autant plus que ce dernier l'avait aidé dans sa carrière au sein de la police du Grand Londres, si bien que les mauvaises langues prétendaient que sans Ivory le superintendant serait demeuré attaché à la circulation.

En vérité, sir Malcolm appréciait le bon sens un peu rugueux de Forbes et, bien qu'ils fussent tous deux à l'opposé l'un de l'autre, ils formaient un couple d'investigateurs que les autorités aimaient utiliser dans des circonstances particulièrement difficiles.

L'aristocrate décrocha le téléphone et appela le Yard. Non, il ne parlerait pas de la lettre anonyme. Il avait seulement besoin de se rapprocher un instant de son vieil ami. Ce faisant, il devait bien admettre que le corbeau avait au moins réussi à troubler sa sérénité.

– Allô, Douglas ! C'est Ivory !

– Ah, sir... Quel bonheur de vous entendre ! Vous vous faisiez rare, ces temps derniers.

– Comment va votre épouse ?

– Mme Forbes ? Toujours aussi vaillante ! Il y a du cheval en cette femme-là ! Mais figurez-vous qu'il m'arrive une curieuse affaire, ou plutôt deux ! Les malheurs arrivent toujours par couple, n'est-ce pas ?

– Que vous arrive-t-il, mon bon Douglas ?

– Eh bien, d'abord, mon second que vous connaissez bien, le lieutenant Findley, s'est cassé la jambe aux sports d'hiver. Une sale cassure qui va le retenir loin du Yard plus de six mois ! Et savez-vous qui on m'a envoyé pour le remplacer ?

– Je ne vois pas.

– Une femme, sir Malcolm ! Une femme ! Et qui plus est une stagiaire ! Mon Dieu, quelle affaire ! Et Mme Forbes, mon épouse qui est si jalouse !

L'aristocrate rit de bon cœur.

– Est-elle jolie, au moins ?

– Hum, sir Malcolm, comment vous dire ? Il me semble qu'elle est ravissante. Mais bref, ce n'est pas tout ! Il y a autre chose, et vous savez quoi ?

– Pas encore...

– Hier, au courrier... Moi, un superintendant de Scotland Yard ! J'ai reçu une lettre anonyme !

– Par exemple ! s'exclama sir Malcolm fort surpris. Et que raconte-t-elle, cette lettre anonyme ?

– Oh, c'est au sujet de cette stagiaire, évidemment... Une lettre infâme, grossière, une vraie saleté ! Je n'oserais même pas vous la lire !

– Mais de quoi parle-t-elle ?

– Ah, tant pis ! Je vous la lis : « Forbes est un gros cochon qui se tape la petite Frazer. » C'est le nom de la stagiaire. Et ensuite : « La Forbes en sera avertie en temps utile ainsi que le major. » La Forbes ! Vous vous rendez compte ! Appeler ainsi mon épouse ! Et le major ! Ma dignité ! Ma carrière ! Quel est le salopard qui s'est permis de m'envoyer un torchon pareil ?

– Et comment est-ce signé ?

– « Un ami qui vous veut du bien. »

– Classique. Eh bien, cher Douglas, nous voilà l'un et l'autre confrontés au même problème. L'espèce humaine est bien compliquée, n'est-ce pas ?

– Vous pouvez le dire ! Mais quel problème avez-vous, sir Malcolm ?

– Je vous en parlerai plus tard. Pour l'heure, je vous conseille de tenir le major et votre épouse au courant de cette lettre avant qu'ils n'en reçoivent une à leur tour.

Et il raccrocha en pensant : « C'est pourtant le printemps. D'habitude les corbeaux ne se déplacent qu'en hiver ! »

Chapitre 3

*L*e breakfast étant achevé, Mrs Pickwick apporta le courrier du matin à sir Malcolm Ivory. L'aristocrate ne s'attendait pas à recevoir aussi rapidement une deuxième lettre du corbeau. Même enveloppe mais, cette fois, jetée à la borne de la poste de Trafalgar Square de William-IV Street. « L'oiseau est avisé. Il ne tombera pas facilement dans nos filets », remarqua sir Malcolm. Et il lut : « Salut. Charles Crown est gâteux. Il boit en cachette et trafique le whisky du bar. » Et c'était signé « le Vengeur » comme au bas du premier message.

Sir Malcolm ne put retenir un sourire. Voilà qui allait faire bondir le respectable archiviste général, lui qui prenait son rôle avec tant de sérieux ! Il imagina sa fureur. Décidément, l'après-midi menaçait d'être orageuse ! Cela dit, aucune des allégations des deux lettres n'était bien méchante, mais elles laissaient entendre qu'un grand déballage aurait lieu, et alors les choses pourraient prendre une tournure plus grave.

Sir Malcolm appela au téléphone divers membres du club, de ceux que l'on nommait à voix basse les « Lambdas » parce qu'ils se rendaient peu souvent dans le somptueux bâtiment victorien situé entre Somerset House et le King's College où, selon la tradition, James Cockney aurait créé la charge de Scrivener, d'écrivain public patenté, en 880. Évidemment, à cette lointaine époque n'existait qu'une baraque en planche là où s'élevait aujourd'hui « le temple des griffonneurs » comme l'avait baptisé par humour et peut-être par dépit lord Byron qui jamais n'avait pu y entrer du fait de ses mœurs.

Les Lambdas contactés avaient tous reçu les deux lettres du corbeau. Peut-être étaient-ils troublés mais ils n'en laissèrent rien paraître. Ainsi sir Malcolm eut-il la confirmation que tous les membres de la société avaient été touchés par le correspondant anonyme, d'où l'aristocrate pouvait aisément en déduire que le Vengeur possédait la liste des membres des Scriveners et s'en était systématiquement servi. Mais dans quel but ?

Les archives de Scotland Yard que sir Malcolm avait consultées à l'occasion de la malheureuse affaire Claridge témoignaient de la volonté sournoise de nuire de l'auteur de telles lettres. Par des insinuations successives habilement dosées, il lance une rumeur qui s'alimente d'elle-même, selon le vieil adage qu'il n'existe pas de fumée sans feu. Écrit-on que le conseiller majeur de Sa Majesté est chauve et porte une perruque, aussitôt même les gens bien intentionnés commencent à jeter un coup d'œil plus attentif à la chevelure du malheureux. Faudra-t-il qu'il tire en public sur ses cheveux pour démontrer qu'il n'est atteint d'aucune calvitie ? Même pas ! Le seul fait qu'il se prêterait au jeu semblerait démontrer qu'il est effectivement chauve et que s'il ne l'est pas encore il va infailliblement le devenir !

Sir Malcolm demanda à Wen Chang de préparer le léger bagage qu'il emportait toujours avec lui pour se rendre dans son appartement de Soho et, au grand dam de Mrs Pickwick, annonça qu'il ne reviendrait pas de quelques jours. En revanche, le jeune domestique chinois serait chargé, matin et après-midi, de venir quérir le courrier à Falcon Manor et de l'apporter à son maître. Ce dernier ne doutait pas, en effet, que le flot épistolaire n'allait pas se tarir de sitôt.

Arrivé à Wardour Street où se trouvait son cinq-pièces, l'aristocrate alla se restaurer légèrement au Whittards à l'intérieur du magasin de thé indien Conran où on le reçut comme un ami car, naguère, il avait aidé le Yard à retrouver le fils de la maison kidnappé par un fou du nom de Kesler.

Du coup, il eut droit à un accompagnement de sitar tandis qu'il goûtait au poulet tandoori.

Vers 14 heures, il décida de se rendre à pied au club des Scriveners. Le temps était délicieux. À ses yeux, rien n'était plus agréable que de se promener dans cette partie de Londres qui s'étend de Charing Cross Road à la Tamise en passant par Covent Garden. Des boutiques de toutes natures s'échelonnaient le long des rues qui menaient jusqu'au célèbre marché fondé par Charles Fowler. On trouvait là des magasins de couture, de friperie, des bazars où voisinaient les objets les plus luxueux avec les plus insolites, des brocanteurs, et en particulier, un marchand de livres anciens que sir Malcolm affectionnait particulièrement : chez Leaden and Clarck.

Le vieux Whitebread régnait sur cet empire de papier. À la demande de sir Malcolm, il recherchait depuis plus de trente ans les ouvrages rares que traquait l'aristocrate, et surtout un exemplaire du *Château des Trente* du romancier Horace Wallace comportant la fameuse page 32 imprimée qui, dans toutes les éditions connues, demeurait désespérément blanche !

– Toujours pas, répétait le vieux Whitebread en hochant la tête.

Mais sir Malcolm s'entêtait. Il finirait bien par découvrir un exemplaire correctement imprimé. Même les deux de la British Library ne l'étaient pas, ce qui tendait à prouver que la page 32 n'était jamais passée sous la presse du sieur Galbraith, vers 1830. À moins qu'une seconde édition ait corrigé l'omission de la première... Et à condition qu'il y ait eu une seconde édition, ce que Whitebread ne croyait pas.

C'était devenu une sorte de rituel entre les deux hommes. Sir Malcolm poussait la porte vitrée. Une clochette annonçait son entrée. Le libraire pointait son visage fin comme un museau derrière l'ancienne chaire à prêcher qui lui servait de bureau, et, reconnaissant son visiteur, s'écriait :

– Toujours pas !

Et sir Malcolm flânait parmi les multitudes d'ouvrages rangés sur les interminables rayonnages ou entassés en piles le long des murs, sur le plancher. Il y restait parfois des heures, faisait son choix. Un livreur lui apporterait les livres à Falcon Manor. Mais, ce jour-là, il ne s'attarda pas. Il lui fallait gagner le club et tenter d'analyser une idée qui lui était venue, tenter de comprendre pourquoi quelqu'un s'était donné la peine d'envoyer ces lettres à tous les membres des Scriveners.

– Vous partez déjà ? s'étonna Whitebread.

Il remontait déjà la rue qui débouche sur Covent Garden dont Oscar Wilde avait si bien dépeint l'atmosphère dans *Le Portrait de Dorian Gray*. Certes, les lieux avaient changé et les chevaux avaient fait place aux automobiles, les charrettes aux camionnettes, mais les bâtiments élevés par Inigo Jones présentaient toujours leurs façades et leurs arcades d'un gris bleuté qui, jusqu'en 1829, avaient vu s'instaurer un marché en plein air où, sans doute, Eliza Doolittle, la petite marchande de fleurs de George Bernard Shaw rencontra le professeur Higgins. Mais peut-être était-ce plutôt sous le porche de l'église Saint-Paul, cette « plus belle grange d'Europe » que Jones avait promise au comte de Bedford.

Sir Malcolm venait assez souvent assister aux représentations données au Royal Drury Lane Theater ou à la Royal Opera House. Il s'était battu en 1974 avec bon nombre de Londoniens pour que le départ du fameux marché à Nine Elms Lane, au sud de la Tamise, n'entraînât pas la disparition du quartier. Les halles avaient été habilement transformées en boutiques de mode, en restaurants tandis que le Jubilee Market s'était, le lundi, changé en marché aux puces, et l'ancien marché aux fleurs en musée du Théâtre et des Transports londoniens. Pour sir Malcolm c'était la victoire de l'art et du bon goût sur le mercantilisme et l'acharnement des spéculateurs immobiliers, race qu'il redoutait.

Tout à ses réflexions, il était arrivé au club, à l'abri de Somerset House, le palais édifié par Chambers, et de son aile latérale construite par Robert Smirke pour y installer le King's College.

Les Scriveners avaient d'excellentes raisons de s'enorgueillir des lieux et lorsque sir Malcolm sonna de façon convenue au portail de la société, il ne put s'empêcher de penser que la petitesse de certains hommes pouvait, hélas, s'abriter dans des enceintes grandioses.

Comme d'habitude, Single vint lui ouvrir. C'était un domestique indien maigre comme un fakir avec une barbe grise, broussailleuse et des yeux intenses. Certains esprits faibles le croyaient quelque peu sorcier. En fait, il était l'homme de confiance de Charles Crown, l'archiviste général. Célibataire de soixante ans, il vivait durant la journée dans les locaux du club dont il avait la charge et, la nuit, dormait dans une petite pièce située dans les combles.

– Sir Malcolm a-t-il oublié sa clé ?

– Comme d'habitude, mon ami. Pardonnez-moi.

– De rien, sahib ! Mais il est bien tôt.

– En effet, mon ami. M. l'archiviste général est-il arrivé ?

– Pas encore, sahib. Voulez-vous vous installer au salon ou au bar ?

– Je visiterai un peu le club.

Singie considéra sir Malcolm avec étonnement.

– Visiter ?

– Oui, mon ami. Je viens ici depuis des années. Des habitudes se sont créées. Je ne vois plus les lieux. Et, par exemple, ce buste de Conrad qui domine la porte du fumoir, avais-je remarqué qu'il était légèrement de guingois ? Et ce tableau, de qui est-il donc ? La tapisserie du fond qui représente une chasse en forêt, avais-je vu, vraiment vu qu'elle existait et qu'elle dominait ce grand canapé sur lequel, paraît-il, Dickens s'asseyait pour lire ses œuvres à haute voix ?

Single s'effaça pour laisser entrer l'aristocrate dans le grand salon où une trentaine de profonds fauteuils étaient disposés. Aucun membre du club ne s'y trouvait. Sir Malcolm se rendit dans le petit salon attenant, désert lui aussi. Au bar, il se fit servir un Millburn des Highlands à l'arôme fumé et quelque peu tourbé.

– Sir Malcolm, grand spécialiste des whiskies ! fit Single.

– En effet, et celui-ci est excellent. Ah, je vais aller le déguster dans le petit bureau.

– À votre aise, sahib. Vous n'avez toujours pas votre clé ?

– Eh non ! Lorsque j'oublie le trousseau du club, celle du petit bureau me manque tout autant que celle de la porte d'entrée !

Ils s'amusèrent de cette remarque et se rendirent vers la pièce où se trouvaient non seulement le bureau en acajou du secrétaire, mais aussi une machine à écrire, une photocopieuse, un projecteur de diapositives afin d'animer les conférences, un vieux tourne-disques et quelques autres antiquités comme un appareil photographique à soufflet, une horloge à carillon et un magnétophone à fil hors d'usage.

Sir Malcolm s'approcha de la photocopieuse. Personnellement il ne l'utilisait jamais, mais il recevait des messages du secrétariat que Crown tirait ou faisait tirer sur cette machine d'un modèle assez ancien. Il l'observa avec intérêt, se penchant sur elle, la contournant, se penchant à nouveau, ce qui intrigua l'Indien.

– Sir Malcolm souhaite tirer photocopie ?

– Non, Single. Mais, dites-moi, qui, à part M. Crown, vous et moi, possède la clé du petit bureau ?

– MM. Scalon, Edgar Page, Wood et Trafalgar Tudor.

– Est-ce tout ?

– Que je sache, sahib…

Sir Malcolm but une grande rasade du verre de whisky qu'il tenait en main et dit simplement :

– Voilà qui va nous simplifier la vie.

Phrase qui laissa Single fort songeur.

Chapitre 4

*E*dward Page fut le premier des Scriveners à apparaître. Il entra comme un somnambule dans le salon où s'était assis sir Malcolm Ivory en attendant les membres habitués à prendre le thé au club. Ce sexagénaire avait une démarche bien particulière : le nez en l'air comme s'il ne cessait de considérer le ciel ou le plafond, ses jambes avançaient de façon saccadée comme celles d'un jouet en tôle tandis que son torse gracile arborait une médaille de concours ornithologique. Sans doute n'allait-il jamais chez le coiffeur, une couronne de cheveux roux tombant raides et épars à l'entour de son crâne chauve comme s'ils eussent été les crins d'une brosse usagée. Une paire de lunettes déglinguée venait ajouter au tableau de ce phénomène d'un autre âge qui évoquait les savants fous des bandes dessinées de Fred Opper dans la série Boob McNutt.

Chacun se demandait comment un original de cet acabit avait pu séduire Mrs Page, Emma de son prénom, superbe brune qui portait ses quarante ans avec autant d'aisance que d'élégance.

Était-ce l'argent ? Il ne semblait pas qu'Edward Page ait jamais roulé sur l'or. Le peu qu'il gagnait avec son oisellerie sise aux abords de Waterloo Station lui servait à acquérir des spécimens rares pour ses volières personnelles installées à Putney, cet agréable faubourg de Londres situé sur la rive droite de la Tamise.

En fait, Emma Page, de très modeste origine, avait été jadis la secrétaire plus ou moins bénévole de son futur époux alors qu'il préparait son ouvrage sur le chant de la *Turdus philomelos* de la famille des Turdidae, plus connue sous le nom de grive musicienne. Avait-elle été émerveillée par les travaux du grand homme, par son érudition abstruse, par ses décorations ou bien, plutôt, par le monde riche et élégant dans lequel il lui avait permis de s'exhiber ?

Car tout farfelu qu'il fût, Edward Page avait été reçu dans le meilleur monde comme un véritable mythe vivant. Son originalité passait pour le signe même de sa prodigieuse science, encore que personne ne sût exactement de quelle science il s'agissait. Les oiseaux, certes, mais encore ? Eh bien, cette réussite mondaine inattendue s'expliquait dès que l'on apprenait que Page était le créateur et le fabricant de célèbres appeaux qui, d'un coup, avaient révolutionné la chasse et, en particulier, celle du canard. Le monde cynégétique lui était redevable d'une mémorable avancée qui permettait à un chasseur convenable de doubler, voire de tripler son tableau grâce à ses petites merveilles d'appelants.

Mais il y avait mieux encore ! Comme chacun sait, Sa Majesté la reine a reçu lors de son couronnement le privilège héréditaire de posséder tous les cygnes du royaume et, en particulier, ceux de la Tamise. Chaque année les volatiles royaux sont comptés par l'honorable marqueur des cygnes qui, à la tête de six canots aux couleurs de la reine, remonte les 102 kilomètres du fleuve afin de dénombrer les quelque quatorze mille oiseaux qui s'y trouvent. En croisant le château de Windsor, les rameurs lèvent leurs avirons pour saluer de loin « Sa Majesté la reine, seigneur des cygnes ».

Or, depuis plus de dix années, le titre d'honorable marqueur des cygnes avait été confié à Edward Page. C'est lui qui, chaque année, avait le droit d'endosser l'uniforme aux quatre couleurs : écarlate aux épaules comme employé de Sa Majesté, marine à la poitrine en mémoire de la confrérie des teinturiers, noir et blanc au bassin en souvenir des marins péris en mer.

Sir Malcolm Ivory appréciait Page autant pour sa distraction lunaire que pour ses connaissances des espèces animales. Aussi lorsque l'ornithologue entra dans le salon, se leva-t-il prestement et vint-il à la rencontre du savant.

– Cher Edward ! De quel oiseau rare nous parlerez-vous aujourd'hui ?

– Ah ! Mon cher, mon très cher ami ! Vous savez que je suis comme la rousserolle turdoïde... Je vais, je viens. Mais de quel oiseau me parliez-vous ?

– D'un corbeau, cher ami.

– Un corbeau ? *Corvus corax* ? Ah, le malheureux être ! Ce n'est jamais qu'un gros passereau, n'est-ce pas ? Et depuis l'histoire de l'arche de Noé... Cracra-cracra ! Tout le monde lui en veut ! Pourtant ses facultés psychiques sont les plus évoluées de toutes celles des oiseaux. Les gens le confondent avec ces autres corvidés que sont la corneille, le freux et le choucas. Notez que ce dernier, le *Corvus monedula*, infeste les vieux édifices, les clochers en bandes grégaires et que... Mais, pourquoi voulez-vous me parler de cet oiseau ?

– Je parlais d'une autre sorte de corbeau, cher Edward... Des lettres anonymes.

– Ah, vous voyez ! Toujours la médisance ! La plume noire, la plume noire ! Pauvre corbeau. Vous feriez mieux, cher ami, de me parler de vos recherches sur ce livre de Wallace, cette page blanche... Je suis cette affaire avec intérêt, bien que je ne sois pas moi-même bibliophile. Je vous admire tellement !

– Non, je ne progresse pas, hélas ! Mais, pour en revenir au corbeau, n'avez-vous reçu aucune lettre anonyme ces derniers temps ? Tous les membres du club semblent en avoir hérité d'un exemplaire.

– Ah, il se peut, puisque vous le dites, mais je n'étais pas chez moi depuis quelques jours. Et même, pour être franc, depuis assez longtemps. Mes volières, vous comprenez. Avec le printemps, il faut surveiller tous mes chers hôtes. Et, je vous le déclare tout net, Brixton, le garçon de volière que j'emploie est un imbécile, mais bon, il ne me coûte pas grand-chose. Le monde se décompose et tourne à la fiente. Du bas-latin *femita*. Et qu'est-ce qu'elle disait cette lettre anonyme ?

Sir Malcolm n'eut pas le temps de répondre. Le professeur Bartholomew Wood, membre de l'Académie royale de médecine, président du Collège supérieur des experts chirurgicaux, sociétaire d'une demi-douzaine d'associations illustres tels le Hunterian Club ou le Pen Club international, faisait une majestueuse entrée dans le salon. C'était un homme rare ou qui, du moins, se croyait tel. Tout lui avait réussi. À cinquante-cinq ans il était à la tête d'une fortune en immeubles, en actions et, plus spécialement, dans l'industrie pharmaceutique. Sans doute son épouse, Aggie, n'était-elle plus une beauté, mais chacun s'accordait à la trouver élégante bien que trop stricte, charitable bien que, peut-être, un peu trop pieuse. Elle entretenait des relations compassées avec le clergé anglican et, en particulier, avec le révérend Archibald Clinton, le fameux organisateur de la kermesse de Pâques durant laquelle se produisaient les enfants royaux. Une petite pièce de théâtre avait été écrite tout exprès pour eux et avait reçu l'aval de Sa Majesté. Aggie Wood avait élevé ses deux fils dans la rigueur si bien que, devenus adultes, l'un avait réussi dans l'expertise bancaire et l'autre dans l'armée. Bref, tout allait pour le mieux dans cette famille bénie de Dieu, ce qui se lisait sur le visage rose et éternellement souriant du jovial Bartholomew. Il avança dans le salon avec la démarche d'un conquérant et lorsqu'il reconnut sir Malcolm, il s'écria d'une voix tonitruante :

– Ah, très cher ami, toujours fidèle au poste ! Et là, qui vois-je ? Notre honorable marqueur d'oiseaux ! Félicitations, messieurs !

– Heureux de vous voir, fit sir Malcolm. Notre après-midi sera sans doute un peu particulière…

– Et pourquoi donc ?

– À cause des lettres anonymes.

– Ces torchons ? Je les ai jetées à la poubelle. C'est tout ce qu'elles méritent. Comment un

Bartholomew Wood pourrait-il s'arrêter à des imbécillités pareilles ?

À ce moment, Thomas Scalon entra dans le salon comme une furie. Le romancier était hors de lui. Petit, malingre, jaune de figure, les cheveux ras, il donnait tous les signes d'une extrême agitation.

– Ah messieurs ! Quelle affaire ! Je sens comme une bête qui me guette, prête à bondir ! Elle est là, j'en suis certain !

– Quelle sorte de bête ? demanda Edward Page qui devait penser à tout autre chose.

– Ces lettres ! On nous surveille !

– Allons, l'interrompit sir Malcolm. Reprenez-vous, mon ami. Que pouvez-vous craindre ?

– Tout ! Lorsque l'on est célèbre comme je le suis, tout peut arriver. Les réputations se brisent plus vite qu'elles ne se construisent, et, comme je le disais tout à l'heure à mon éditeur, il va falloir alerter la police.

Le professeur Wood se prit à pouffer.

– Pffft ! Quelle sottise ! Se mettre dans un tel état pour deux petites idioties écrites par un raté. Car, je peux vous l'affirmer, il n'y a qu'un raté pour se livrer à des envois pareils ! N'est-ce pas, sir Malcolm ?

– En tout cas, dit l'aristocrate, il faut que cette personne ait une idée vraiment bien ancrée dans la tête. Vous rendez-vous compte du travail ?

Rédiger et taper ces lettres n'est rien, mais les photocopier en 144 exemplaires, les envoyer dans 144 enveloppes et donc taper 144 adresses ! Les timbrer ! Les porter à une boîte aux lettres !

– Un malade ! Un fou ! s'exclama Scalon. Il est d'autant plus dangereux !

Bartholomew Wood haussa les épaules et se rendit avec dignité vers le bar, tandis que Charles Crown, l'archiviste général, faisait à son tour son entrée. Il s'efforçait de garder son calme et sa dignité, mais ses paupières clignaient encore plus vite que d'habitude. Sir Malcolm remarqua que son costume trois-pièces noir était chiffonné comme s'il venait de dormir avec. Cette singularité tranchait avec le comportement d'ordinaire affecté du personnage.

Cet économiste international n'avait jamais trouvé le temps de se marier. Depuis qu'il avait pris sa retraite, il partageait son temps entre son superbe appartement de Marble Arch et le club. La rumeur prétendait qu'il avait jadis entretenu d'agréables rapports avec la baronne de Custine, une Française quelque peu évaporée qui sévissait dans les salons mondains des années cinquante, mais depuis cette époque Crown s'était sans aucun doute beaucoup assagi au point de s'assécher et de tourner au célibataire racorni.

Néanmoins, cet après-midi-là, une roseur un peu vive apparaissait sur son visage d'ordinaire blanchâtre, par le fait d'une excitation intérieure qu'il tentait en vain de réprimer.

– Mes chers amis, j'ignore ce qui nous arrive... Ces lettres ! Ah, je n'ai pas dormi de la nuit. On en veut à notre chère société. Et maintenant à moi-même ! Quelle impudence ! Oser dire que je suis un buveur, un gâteux, moi qui ai écrit des essais économiques dont la célébrité dépasse les frontières ! Sir Malcolm, que devons-nous faire pour que cesse cette infamie ?

– Oh, fit remarquer le romancier, pour vous, Charles, ce n'est pas bien grave. Votre notoriété est derrière vous, mais la mienne !

– Pardon, répliqua Crown, ma notoriété, comme vous dites, eh bien, ma notoriété est intacte ! Elle perdure et sur tous les continents ! Je n'en dirai pas autant de certaine passade à la mode qui dans six mois sera oubliée !

– Et de quelle passade parlez-vous ? demanda Thomas Scalon avec arrogance.

– Je parle de romans qu'un honnête homme n'oserait pas prendre avec des pincettes, et je m'étonne que le corbeau n'ait pas fustigé vos petites insanités au lieu de s'attaquer à un économiste reconnu comme moi !

Le ton montait. Sir Malcolm s'interposa :

– Messieurs ! Messieurs ! Au lieu de nous chamailler, réfléchissons plutôt à ce que nous pouvons faire.

– Ivory a raison, fit Edward Page. Réfléchir ! Voilà le secret de la réussite. Prenons, par exemple, les oiseaux…

Scalon l'interrompit :

– Ah, vous et vos canaris !

– Canari vous-même ! lança l'ornithologue, piqué au vif.

– Eh là, s'écria d'un ton ironique l'homme qui venait d'entrer. Se disputerait-on dans des murs réservés aux assauts de l'esprit ?

C'était Trafalgar Tudor, le poète quelque peu anarchiste que les Scriveners avaient adopté grâce à son ouvrage sur Milton qui lui avait valu le prix Shakespeare. Jamais il n'avait admis de porter une cravate et l'on prétendait qu'il n'avait pas de chez lui, errant d'hôtel en chambre d'ami. Ce bohème agaçait parfois sir Malcolm car l'aristocrate le trouvait par trop négligent des règles du savoir-vivre. En revanche, il devait bien reconnaître que son talent dépassait de loin celui des autres membres du club.

– Ah, messieurs et chers membres, commença Charles Crown d'une voix forte, cessons ces discussions qui n'aboutiront à rien. Avec l'arrivée de Trafalgar Tudor voici au complet le cercle des Majors. Avant que d'autres membres n'arrivent, je sollicite de vous une réflexion commune au sujet de ces lettres anonymes. Asseyons-nous et, je vous en prie, tentons de raisonner sainement.

Un brouhaha satisfait suivit cette déclaration de l'archiviste général. Chacun prit place dans un fauteuil, conscient de son importance. En effet, le cercle des Majors réunissait les membres des Scriveners assez dévoués et ponctuels pour seconder Crown dans l'organisation du club.

– L'un d'entre vous a-t-il quelque idée à soumettre à la réflexion du cercle ? Ah, sir Malcolm, je vois que vous souhaitez prendre la parole…

– En effet, et je vous remercie de me la donner. Voyez-vous, messieurs, avant que vous n'arriviez je me suis livré à une petite inspection des lieux et, en particulier, du bureau du secrétariat.

– Une inspection ? s'étonna Crown. Dans mon bureau ?

– Pardonnez-moi, reprit sir Malcolm, mais c'est le bureau du cercle des Majors. Puis-je rappeler que chacun des membres du cercle possède non seulement une clé de la porte d'entrée du club, mais aussi une clé de ce petit bureau ? Nous sommes d'ailleurs réunis ici en ce moment et nous pouvons tous attester que nous possédons effectivement ces clés qui nous ont été confiées. Est-ce exact ?

– Oui, reconnut Crown. J'ai moi-même distribué ces doubles de clés aux membres du cercle ici présents. Cela fait partie de leurs prérogatives.

– Et donc, reprit l'aristocrate, j'énumère ceux qui possèdent ces clés : vous, cher archiviste général, le professeur Bartholomew Wood, l'honorable marqueur des cygnes Edward Page, le romancier Thomas Scalon, notre poète national Trafalgar Tudor et moi-même.

– Sans oublier Single, notre majordome, qui s'en sert pour effectuer le ménage… ajouta Charles Crown.

– Ce qui fait sept clés pour la porte d'entrée et sept clés pour le petit bureau, conclut sir Malcolm.

– Et alors, où cela va-t-il nous mener ? demanda Wood d'un ton grincheux.

– Eh bien, cela m'a mené justement dans le bureau où j'ai pu constater, comme vous le savez tous, que la photocopieuse y est toujours bien à sa place.

– Mon Dieu, s'esclaffa le romancier, voilà une bien belle découverte ! Il y a au moins cinq ans qu'elle se trouve là ! L'apprenez-vous aujourd'hui ?

– Non, cher ami, mais c'est la première fois que je considère cette machine avec des yeux attentifs, et qu'ai-je constaté ?

– Expliquez-vous mieux, demanda Crown soudain très intéressé.

– Messieurs, je ne sais pas si vous avez remarqué comme moi que les circulaires qui nous sont envoyées par notre archiviste général et qui ont été tirées sur la photocopieuse dont nous parlons, présentent toutes un léger défaut. Oh, pas grand-chose ! En haut à droite de chaque feuille se trouve toujours une légère trace, comme une minuscule tache, qui vient, en fait, d'un défaut sur le verre de la photocopieuse.

– Vous voulez parler du verre sur lequel nous posons les feuilles ou les livres à reproduire ? demanda Crown. En effet, un léger défaut existe sur cette plaque de verre. Elle se reproduit automatiquement sur chaque tirage.

– Eh bien, messieurs, ceux qui ont apporté avec eux les deux lettres anonymes que nous avons reçues pourront constater qu'elles comportent également en haut et à droite la même marque infime, certes, mais parfaitement identifiable !

Un profond silence suivit cette déclaration. Puis Thomas Scalon s'écria :

– Voudriez-vous nous faire entendre que les lettres du corbeau ont été photocopiées sur la machine du petit bureau ?

– Mais s'il en est réellement ainsi, ajouta vivement le professeur Wood, cela signifie que seuls ceux qui possèdent la clé de ce bureau ont pu effectuer des copies de ces petites infamies !

– Et donc, ricana Trafalgar Tudor, le corbeau est fatalement l'un des membres du cercle ; autrement dit : l'un d'entre nous.

– Ou Single ! lança Scalon. Ça ne m'étonnerait guère de lui ! Je l'ai toujours pris pour un jaloux et un sournois !

– Mais, suggéra Wood, pourquoi ne serait-ce pas un autre membre du club, un Lambda ?

– Parce que, répondit sir Malcolm, il lui aurait fallu demander la clé à l'un d'entre nous et, surtout, parce qu'on aurait facilement repéré quelqu'un qui, de jour, se serait livré ouvertement à un tirage aussi important. Non, la personne qui a effectué ce travail l'a certainement fait la nuit, alors que le club était désert. Elle possède la clé de la porte d'entrée, puis celle du bureau. Elle fait son sale petit ouvrage avec l'assurance de n'être repérée par personne, puis elle s'en va comme elle est venue, emportant les lettres qu'elle expédiera ensuite.

– Mais c'est insensé ! s'écria l'archiviste général. Je ne peux imaginer que ce soit l'un d'entre nous ! Un membre des Scriveners ! Et qui plus est du cercle des Majors ! L'un de nous, messieurs ! Non, il y a là quelque chose qui ne va pas et qui m'échappe !

Sous le coup de l'émotion, tout le monde s'était levé et parlait en même temps.

– Allons, messieurs, ne nous énervons pas ! déclara sir Malcolm. Il y a d'autres possibilités.

– Lesquelles, je vous prie ? s'empressa Charles Crown.

Mais déjà l'attention de l'aristocrate était attirée par le domestique indien qui, s'approchant de lui, annonça que quelqu'un était à la porte d'entrée et souhaitait lui parler. C'était Wen Chang. Le courrier de l'après-midi était passé à Falcon Manor et avait apporté un troisième message anonyme dont sir Malcolm Ivory reconnut aussitôt l'enveloppe bleue.

Chapitre 5

Sir Malcolm ouvrit l'enveloppe en s'efforçant de la déchirer le moins possible, déplia le papier qu'elle contenait, et, debout dans le hall, la lut rapidement. Il s'attendait à une infamie mais il fut tout de même surpris par sa teneur. Dans un premier temps il pensa la garder par-devers lui et ne pas l'évoquer auprès des membres du cercle, mais aussitôt il comprit l'inanité d'une telle cachotterie. Tous les Scriveners allaient en recevoir une copie.

– Messieurs, dit-il d'un ton un peu solennel en revenant dans le salon, on vient de m'apporter une troisième lettre du corbeau. Elle a été postée, ce matin, à Wellington Arch. Vous en trouverez certainement un exemplaire en rentrant chez vous. Aussi, et bien qu'il m'en coûte, je vais vous donner lecture de son contenu.

Tous les visages s'étaient tendus à cette annonce. L'aristocrate commença :

– « Salut. Malcolm Ivory se croit malin. Mais il a caché sa véritable origine dans la page arrachée du *Château des Trente*. Pourquoi est-il encore célibataire ? » Voilà, et comme pour les lettres précédentes c'est signé « le Vengeur ».

– Absurde ! s'écria Charles Crown.

– Ridicule ! fit le professeur Wood.

– Ce corbeau est un crétin ! énonça le romancier.

– Ah, monsieur Tudor, cessez d'insulter les corbeaux ! lança Edward Page. Ce sont des oiseaux passionnants !

– Eh, grimaça Tudor, vous voilà épinglé vous aussi, cher Malcolm !

– Mais, qu'est-ce que cette histoire de château ? demanda Crown.

– *Le Château des Trente* est un roman d'Horace Wallace qui m'intéresse particulièrement, répondit l'aristocrate. Le corbeau me connaît donc bien.

– Et cette page arrachée ?

– Sur ce point, au moins, l'auteur de ces lettres est mal renseigné. La page manquante du *Château des Trente* n'a pas été arrachée. Elle n'a pas été imprimée. C'est une curiosité bibliophilique et rien de plus. Mais c'est exact : je recherche un exemplaire du roman dont la page 32 aurait été imprimée alors que sur tous les exemplaires que je connais elle est parfaitement blanche.

– Et donc ça n'a aucun rapport avec votre naissance... insista Crown.

– Évidemment, fit sir Malcolm. *Le Château des Trente* a été écrit au XVIIIe siècle ! On cherche seulement à nous troubler, à déstabiliser le club par des assertions fantaisistes.

– Et grotesques ! ajouta vivement Thomas Scalon. Vous allez voir que mon tour va arriver. Mais, dites-moi, n'y a-t-il pas des journalistes parmi nos membres ? Eux aussi auront reçu ces horreurs ! Et comme je les connais ils vont en parler ! Le scandale ! Le scandale, je vous dis !

– Il n'y a qu'un seul journaliste parmi nos membres, précisa l'archiviste général. C'est John Trumpet, mais il appartient au *Times* et ce n'est pas le genre de ce journal de se faire l'écho de tels ragots.

– Avec un tel nom, ricana Tudor, il serait étonnant qu'il n'aille pas claironner notre histoire un peu partout !

Un silence glacial suivit cette plaisanterie, jugée par tous d'un goût douteux.

– Messieurs, reprit sir Malcolm, comme vous le savez, il m'arrive de seconder Scotland Yard, lors d'enquêtes qui me sont confiées. Mes petites méninges ont quelque habitude de ces choses-là et, si vous le permettez, je peux tenter de démêler cette affaire qui, je l'avoue, commence à m'inquiéter sérieusement.

– Eh, fit Trafalgar Tudor d'un ton fielleux, depuis que votre nom est cité par le corbeau, voilà que ça vous intéresse ! Mais qui nous prouve que vous n'êtes pas vous-même ce sinistre oiseau ?

Un murmure de réprobation suivit cette déclaration pour le moins inopportune.

– Monsieur Tudor, répondit calmement sir Malcolm, si je ne respectais pas votre talent de poète, je devrais déplorer votre haine du genre humain. Mais vous appartenez à cette race sombre et malheureuse qui, partant d'Edgar Pœ s'achève dans les limbes d'un John Tauler. Il ne m'appartient pas de juger de telles profondeurs, laissant cette analyse au docteur Freud.

– Bien répondu ! s'écria Charles Crown. Nous tous ici, cher ami, respectons votre honorable personnalité et, si vous le demandez, je rayerai aussitôt M. Tudor de la liste de nos membres. Une telle incorrection est inadmissible !

– Laissez ! fit sir Malcolm. Et revenons-en plutôt à ces lettres.

Conscient d'être allé trop loin, le poète anarchiste s'était renfermé dans son coin. En un tel moment la mèche noire de ses trop longs cheveux venait barrer son visage crispé. Certains journalistes lui trouvaient une sorte de beauté fatale avec ses yeux ardents et sa bouche aux lèvres gouailleuses. Le fait est que les femmes étaient généralement attirées par le mystère de ces traits crépusculaires mais toutes, semblait-il, se défiaient de leur redoutable charme.

Le professeur Bartholomew Wood prit la parole d'un ton solennel :

– Sir Malcolm Ivory, votre proposition est la bienvenue et je suis certain que tous les membres du Cercle adopteront mon opinion. Il faut que nous apprenions lequel d'entre nous a osé se livrer à une plaisanterie aussi regrettable. Sans cela, nous finirions par tous nous épier, nous suspecter et finalement nous détester.

– C'est exact ! surenchérit Edward Page que les propos de Tudor avaient sorti de sa rêverie. Savez-vous que chez les *Hypolas ictérines* de la famille des *Sylviidae*, lorsqu'un des leurs est suspecté de faillir à la loi du groupe, ils poussent leur fameux cri d'alarme – tcherr, tcherr, tcherr ! – jusqu'au moment où l'oiseau rebelle s'exile de lui-même ?

– Hum, fit Charles Crown, nous n'irons pas jusqu'à imiter vos chères bestioles, mais c'est donc accordé, sir Malcolm. Vous pourrez procéder comme il vous plaira. Toutefois je pose une question : est-il vraiment nécessaire de mettre Scotland Yard sur cette affaire ?

– Non ! s'écria Thomas Scalon. D'une motte de terre vous allez faire une montagne !

– Ne vous inquiétez pas, le rassura sir Malcolm. Dans l'état actuel, je pense effectuer seul cette enquête, avec peut-être le concours officieux d'un de mes vieux amis qui est superintendant, à Scotland Yard. Il pourrait, en effet, nous être discrètement utile au cas où nous aurions besoin d'analyses scientifiques. Je pense à des relevés d'empreintes ou à une étude un peu poussée comme celle de la machine à écrire du petit bureau, par exemple…

Ces derniers mots firent bondir Charles Crown :

– La machine à écrire du petit bureau ? Ma machine à écrire ?

– Oui, dit sir Malcolm, je parle de votre machine à écrire, celle sur laquelle vous tapez d'habitude les circulaires et convocations que vous faites parvenir de temps en temps aux membres du club. N'avez-vous pas remarqué que les caractères des lettres anonymes sont très semblables à ceux de vos envois ?

– Seigneur ! soupira Crown et il tomba dans un fauteuil plus qu'il ne s'y assit. Le corbeau utiliserait-il aussi la machine à écrire du club ?

– C'est à peu près certain mais nous allons vérifier scientifiquement cette hypothèse. Cela dit, cher archiviste général, quand avez-vous changé pour la dernière fois le rouleau de la bande encreuse de cette machine ?

– Mon Dieu, quelle curieuse question !

– Essayez de vous souvenir, je vous prie, insista l'aristocrate.

– Mais je ne sais pas, bafouilla Crown. Il faut demander à Single. C'est lui qui s'occupe de ces choses-là.

– Ah, je comprends ! dit soudain Thomas Scalon. Vous avez remarqué que les caractères des lettres anonymes étaient peu encrés...

– Ce qui signifie, acheva sir Malcolm, que le ruban encreur était usagé lorsque le corbeau a tapé ses lettres, alors que les convocations que nous avons reçues dernièrement étaient toujours encrées convenablement. D'où nous pourrons en déduire que les trois lettres anonymes que nous avons reçues ont été tapées avant le changement de ruban.

– En effet ! admit Crown. Nous allons donc demander à Single à quelle date il a effectué ce changement.

– Remarquez qu'une autre possibilité existe, reprit l'aristocrate. Le ruban pouvait être neuf lorsque le corbeau l'a utilisé. En revanche, le système encreur de la photocopieuse avait peut-être besoin d'être changé, ce qui expliquerait également la pâleur des caractères...

– Quel casse-tête ! gémit l'archiviste général. Et, bien entendu, je suis le premier suspect !

– À mon avis, dit Scalon, l'Hindou est pour quelque chose dans ces envois. Non seulement il a sous la main tout le matériel à sa disposition, mais il habite dans les combles et, durant la nuit, peut manigancer son affaire sans que personne ne risque de le déranger.

– Je vais le chercher, décida Charles Crown.

Sir Malcolm s'interposa :

– N'en faites rien, je vous prie. Nous ne devons pas l'interroger ici, devant tout le monde. Vous connaissez sa susceptibilité. Il se fermerait.

– Bravo ! lança Trafalgar Tudor en sortant de sa bouderie. Enfin un peu d'humanisme ! N'aviez-vous pas remarqué que Single est un être de chair et de sang comme nous tous ?

Personne ne releva cette réflexion que chacun trouva saugrenue. Décidément, c'était peut-être un grand poète, mais quel fichu caractère ! Il poursuivait :

– Évidemment il est le suspect tout trouvé ! Pensez donc ! Un étranger ! Je serais à votre place, Crown, je le ferais aussitôt arrêter !

Se réfugiant derrière leur dignité, les membres du Cercle quittèrent le salon pour se rendre au bar où certains Lambdas commençaient à arriver.

Chapitre 6

Sir Malcolm Ivory s'était retiré dans le petit bureau du secrétariat du club en compagnie de Single. Le domestique indien s'était demandé pourquoi l'aristocrate avait tenu à lui parler à l'écart, et maintenant il se tenait sur ses gardes.

– Je ne vous retiendrai pas longtemps. Je voulais seulement vous poser deux ou trois questions sur le matériel qui se trouve dans ce bureau.

– Dans ce bureau, sahib ?

– Et, en particulier, la machine à écrire que voici. C'est bien la seule qui est utilisée pour taper les convocations et les autres papiers du club, n'est-ce pas ?

– Oui, sahib. Single n'en connaît pas d'autre.

– Parfait. Et c'est vous qui tapez les textes sur cette machine…

Devant cette assertion, Single se prit à rire :

– Moi, sahib ? Taper n'importe quoi sur machine ou à la main ? Single ne sait pas écrire. Tout juste mon nom.

– C'est donc M. l'archiviste général, Charles Crown, qui tape toujours les lettres ?

– Honorable Crown sahib, grande intelligence ! Lui tape avec tous les doigts sur la machine.

– Et personne d'autre ?

Single parut réfléchir, puis il demanda :

– Si quelqu'un d'autre qu'honorable Crown sahib utilise la machine ? Personne ! C'est sa machine.

– Mais c'est vous qui l'entretenez.

– Quand nécessaire, Single change rouleau, c'est tout.

– Vous parlez du rouleau encreur, n'est-ce pas ? Quand l'avez-vous changé pour la dernière fois ?

– Quand ? Ah, c'était pour l'envoi de la convocation à la conférence. Il y a trois mois, quelque chose comme ça.

– Pouvez-vous préciser ?

Il réfléchit encore, puis répondit :

– Single sait seulement que c'était le jour avant la frappe d'honorable Crown sahib pour la conférence.

– Et avant, quand aviez-vous changé ce rouleau encreur ?

– Avant celui-là ? Oh, sahib, des mois encore avant. Je ne sais pas exactement. Machine ne sert que pour convocations du club, vous comprenez…

– Très bien, mon ami. Et maintenant, quand avez-vous changé l'encreur de la photocopieuse ?

– On change une fois par an. Là, pas encore besoin. Peut-être dans trois mois. Honorable Crown sahib le dira.

Sa dévotion pour l'archiviste général était évidente. Il est vrai que c'était Charles Crown qui l'avait embauché à la suite du décès d'Edgar, le précédent domestique du club. Edgar n'avait pas son pareil pour les cocktails mais laissait le ménage aller à vau-l'eau. Single, en revanche, appartenait au genre minutieux mais avait le plus grand mal à différencier un Bloody Mary d'un Cuba Libre ! Il est vrai que sa religion lui interdisait tout alcool et qu'il avait des habitudes culinaires si étranges que Crown avait dû cesser de s'en inquiéter. Étrange existence que celle de Single ! Né à Calcutta, domestique d'une famille anglaise installée à Madras, les Brunsfield, il les avait suivis à Londres lors de l'indépendance de l'Inde. À peine avaient-ils emménagé dans le quartier de Mayfair que ses patrons avaient été victimes d'un accident de voiture, un accident si curieux que la police avait, un temps, suspecté le domestique d'avoir trafiqué la direction de l'Austin. Blanchi, il n'en avait pas moins été si affecté du décès des Brunsfield et de l'accusation momentanée lancée contre lui, qu'il avait songé à retourner en Inde. C'est alors que Crown était entré dans sa vie. Il recherchait un homme pour les travaux ménagers du club. Ayant appris par les journaux l'aventure judiciaire de Single, il en avait été ému, avait recherché sa trace et l'avait engagé.

Sir Malcolm connaissait cette histoire. Certains membres du Cercle, comme Thomas Scalon, avaient critiqué le choix de l'archiviste général. Ils estimaient que l'innocence de Single n'avait pas été suffisamment démontrée et qu'il était risqué de faire entrer un ancien suspect dans un club aussi huppé que celui des Scriveners. D'autres, comme le professeur Wood, avaient trouvé que le choix d'un Indien était judicieux et ajoutait au club une couleur exotique de bon aloi. « Nous devons sauvegarder la mémoire du Royaume britannique des Indes ! » Tel était grosso modo leur argument, plus sentimental que technique. Mais enfin, on se rendit vite compte que Single faisait suffisamment l'affaire pour que l'on n'ait plus à en discuter.

Seul, curieusement, restait dans l'opposition Edward Page. L'ornithologue, dont l'originalité n'était plus à démontrer, nourrissait une méfiance têtue à l'égard des Indiens qu'il prenait tous, en vrac, pour des fakirs. Il imaginait Single sous les traits d'un sorcier maléfique et sournois, persuadé comme il l'était que la mort tragique des

Brunsfield était l'œuvre de sa magie. D'où lui venait pareil ressentiment ? Nul n'eût su le dire car, en règle générale, l'honorable marqueur des cygnes était d'un commerce plutôt affable et généreux sous des dehors quelque peu burlesques.

– Single, demanda sir Malcolm Ivory, vous qui habitez ici, dans les combles, n'avez-vous jamais entendu du bruit au rez-de-chaussée durant la nuit ?

– Du bruit, sahib ? Beaucoup de bruit quand orage, mais Single dort très bien et n'entend rien. Nuit pour le sommeil, n'est-ce pas ?

– Donc, vous n'avez jamais pensé que quelqu'un pourrait s'introduire dans le club durant la nuit ?

Il parut effaré et s'écria :

– Dans le club ? Durant la nuit ? Un voleur ?

– Par exemple...

Le domestique se reprit, devint tout à coup songeur et déclara :

– Single a bien remarqué quelque chose...

– Quoi donc, mon ami ?

Il hésita.

– Ah, Single ne voudrait pas s'occuper de choses... de choses qui ne le regardent pas.

– Dites toujours... Cela restera entre nous.

– Eh bien, le matin, lorsque je fais le ménage, il y a les tables de la veille à desservir, le bar à ranger, le balai à passer, mais c'est autre chose...

– Quoi donc, Single ?

– Le canapé... Vous savez, celui de Dickens sahib, comme si quelqu'un avait couché dessus avec ses chaussures. De la boue sur tissu. Et puis encore...

Il hésitait comme s'il allait faire une révélation importante.

– Souvent, il y a une ou deux bouteilles de whisky derrière le canapé. Vides ! Elles sont vides. Pourquoi cacher ces bouteilles derrière le canapé ? Et elles viennent du bar, Single en est certain.

– L'avez-vous dit à M. Crown ?

– Single pas oser, mais vous, sahib, vous avez dit que vous ne parleriez pas !

– Ce qui est promis est promis, fit sir Malcolm. Je garderai cette information pour moi, mais voyez... Quelqu'un entre durant la nuit dans le club. Cette personne y boit en secret, dort sur le canapé. J'ignore si c'est la même qui utilise la machine à écrire et la photocopieuse, mais c'est troublant, n'est-ce pas ?

L'Indien fut soudain pris de panique :

– Single va être accusé comme l'autre fois ! Single n'a rien fait !

– Ne vous inquiétez pas. Personne ne vous accusera de quoi que ce soit. Pourquoi iriez-vous passer vos nuits sur le canapé alors que vous avez votre lit sous les combles ? Comment se ferait-il que vous buviez en cachette du whisky alors que tout le monde sait que, par votre religion, vous n'avez jamais approché l'alcool ? Qui pourrait croire que vous utilisez la machine à écrire du petit bureau alors que vous êtes illettré ? Non, Single, vous n'avez rien à craindre et, s'il le faut, je vous défendrai.

L'Indien fut soulagé et balbutia :

– Ah, merci, seigneur sahib ! Single terriblement peur d'être accusé, mais si seigneur sahib défend Single, alors complètement rassuré.

Ils sortirent du bureau et regagnèrent le bar où régnait la plus grande confusion. Les membres Lambdas parlaient entre eux des lettres anonymes qu'ils avaient reçues. Les membres du Cercle tentaient de leur expliquer qu'après tout il ne s'agissait peut-être que d'une mauvaise farce. Charles Crown, interrogé de tous côtés, ne sachant plus que faire, avait pris le parti de jouer les martyrs outragés, et répétait à qui voulait l'entendre que, si quelqu'un voulait jeter l'opprobre sur le club des Scriveners, il trouverait à qui parler.

Thomas Scalon, lui, préférait évoquer les mérites de son nouveau roman et dès qu'un Lambda commençait à évoquer le corbeau, il faisait mine de s'en moquer, revenant obstinément aux amours de Clarisse et d'Emmanuel John qui visiblement, à ce moment, n'intéressaient personne.

Bartholomew Wood avait entamé une véritable

conférence sur les dernières découvertes en matière d'obstétrique, déclarant que la théorie de l'accouchement en piscine d'eau chaude relevait de la plus haute fantaisie, les travaux du docteur Holloway à ce sujet ne valant pas tripette. Et certes les Lambdas en revenaient toujours aux lettres anonymes, mais le professeur écartait la question d'un revers de la main et replongeait dans des détails techniques qui, au mieux, n'eussent intéressé que des gynécologues confirmés.

Edward Page, comme on lui parlait du corbeau, s'était lancé dans une histoire extraordinaire dans laquelle il était question d'un *Corvus frugeligus* qui s'était niché dans une poubelle désaffectée, fait exceptionnel, cet oiseau nichant d'habitude sur le faîte des arbres et, plus rarement, dans les clochers. Or ce corbeau… Et l'on avait beau tenter de l'interrompre pour en revenir aux lettres, Page continuait à débiter son histoire comme si elle pouvait avoir la moindre importance dans l'esprit troublé de ses interlocuteurs.

Quant à Trafalgar Tudor, il pérorait. Quelques membres s'étaient groupés autour de lui et l'écoutaient avec le respect dû à un poète de renommée internationale dont les idées avancées ne faisaient qu'ajouter à la gloire. Les lettres anonymes ? « Il était normal que dans le glacis bourgeois des zones de fracture apparaissent. »

Et, là-bas, loin du bar où tout ce monde pépiait, un des plus anciens Lambdas, affalé dans un des fauteuils râpés du fumoir, dormait tout son saoul. C'était le vieux colonel Oswald Steepleway qui semblait ne se rendre au club que pour y faire un somme, et cela depuis un quart de siècle. Bien que par son ancienneté il eût pu y prétendre, il avait toujours refusé de faire partie du cercle. Depuis son départ de l'armée, tout le lassait.

Sir Malcolm Ivory s'approcha de lui et, d'une toux discrète, le réveilla.

– Ah ! Qu'est-ce que c'est ? Hum !

– Cher colonel, puis-je me permettre…

– Assurément, jeune homme. Je faisais le tour de ma tête. Une vieille pratique des Indes, vous savez…

– C'est au sujet des lettres anonymes… Votre expérience…

– Oh, vous me flattez, jeune homme ! Mais c'est vrai que je m'étonne, hum, que l'on puisse prétendre que Crown soit un buveur et un gâteux. Il m'a toujours paru plutôt un sinistre raseur, prétentieux et tout à fait incompétent en matière économique ; mais bref… Ce n'est pas une raison ! Quant à vous, que pourriez-vous bien cacher de vos origines ? Vous savez, hum, j'ai très bien connu sir Philip, votre père… Et même lady Mary, votre chère maman. J'en étais, hum, un peu amoureux, à vrai dire... Mais de quoi parlait-on, jeune homme ?

– De ces lettres anonymes...

– Très vulgaires, très subalternes. Pour moi, je vais vous dire... Ne cherchez pas plus loin. C'est l'œuvre des Travaillistes !

Et sur cette affirmation, il se rendormit.

Chapitre 7

23 heures. Poste de Lambeth, face à l'Imperial War Museum. Une voiture s'arrête. Une ombre en descend. Elle porte un sac d'où elle sort des enveloppes bleues qu'elle jette rapidement dans la boîte aux lettres de la façade.

À ce même moment, Wen Chang servit à sir Malcolm Ivory le deuxième Talisker de la soirée. L'aristocrate avait quitté assez tôt les Scriveners pour regagner son appartement de Soho. L'agitation qui régnait au club lui semblait parfaitement puérile. Si telle était l'intention du corbeau, il avait réussi.

Fidèle à sa promesse de ne pas officialiser l'enquête, il appela Douglas Forbes non pas au Yard mais à son domicile personnel. Il tomba sur l'épouse du superintendant.

– Ah, sir Malcolm ! Quel honneur ! Mais savez-vous comme le monde est immonde ; je veux dire :

comme il est sale, dégénéré et pas comme il faut ? Qu'avons-nous fait au Bon Dieu pour qu'il nous mette dans une mélasse pareille ? Des ennuis, toujours des ennuis. Pas plus tard qu'hier, une fuite de gaz, même que tout l'immeuble aurait pu exploser ! Et cette épidémie de grippe de printemps. Notre voisin l'a attrapée et si ça continue nous allons tous y passer. Mais le plus beau, sir Malcolm, je vous le donne en mille : une saleté de lettre anonyme ! Douglas, que c'est un homme au-dessus de tout soupçon bien qu'après tout il ne soit qu'un homme, eh bien, on ose l'accuser, lui ! Vous vous rendez compte ! Et de quoi ? De forniquer avec une dame de la police ! Comme si c'était Dieu possible, le pauvre qui n'est même plus capable d'honorer sa propre épouse ; car, comme je le dis souvent, quand on a fait son temps c'est terminé et bien terminé ; n'est-ce pas vrai, sir Malcolm ?

– Sans doute, madame Forbes, mais pouvez-vous me passer votre mari ?

– Je vais le réveiller. Il dormait déjà. Vous savez, les jours où il n'est pas de garde, il en profite. Moi, je regarde la série télé *Ma cousine Blandie* ; celle où le jeune MacLauren risque la mort pour les beaux yeux de cette petite Chinoise si mignonne ; bien que ce ne soit qu'une Chinoise, remarquez... Ah, voilà mon Douglas. La sonnerie l'a réveillé. À bientôt, sir Malcolm !

La voix aigre de Mrs Forbes cessa de titiller malencontreusement l'oreille de l'aristocrate qui n'avait jamais compris comment le superintendant avait pu se marier avec une femme aussi vulgaire. Mais il est vrai que c'était du temps où il n'était qu'un simple sergent...

– Ici Ivory. Je vois que vous avez parlé à votre femme. Vous avez bien fait.

– Au sujet de la lettre ? Oui, elle en a reçu un double. Le patron du Yard également, mais ça l'a fait rire, je ne sais pas pourquoi. Bref, je me demande qui a pu écrire une telle insanité. La petite Dorothea Frazer, cette stagiaire dont je vous ai parlé, n'est pas au courant, naturellement.

– Écoutez, Douglas, je ne sais pas si vous croyez aux coïncidences, mais je vous appelle pour une autre affaire de lettres anonymes.

– Comment ça ?

– Les membres du club des Scriveners sont inondés de lettres anonymes depuis hier matin.

Forbes était interloqué. Sir Ivory l'imaginait dans un pyjama tout fripé, les cheveux en bataille, chaussé de vieilles pantoufles à pompons.

– Ah, sapristi ! Pour une coïncidence, c'est une coïncidence, en effet !

– J'aimerais qu'en dehors du Yard vous puissiez officieusement m'aider.

– Et comment, sir Malcolm ?

– Pouvez-vous venir me voir demain matin à mon appartement de Wardour Street ? Nous prendrions le breakfast ensemble...

– Évidemment, sir Malcolm ! Vous savez combien je serai heureux de vous rendre service, si je le peux.

– Vous le pourrez, Douglas. À demain, et rassurez-vous : votre corbeau sera sûrement moins rapace que le mien.

– Dieu vous entende !

Ils raccrochèrent. Brave Douglas ! Bien qu'il ait accédé au poste de superintendant, il demeurait toujours, du moins pour l'aristocrate, le jeune sous-officier de ses débuts.

– Maître Malcolm prendra-t-il un autre whisky ? demanda Wen Chang.

– Non, merci, mais écoutez-moi : demain, vous irez chercher le courrier à Falcon Manor dès huit heures. C'est l'heure où a lieu la distribution du matin. Veuillez bien vous assurer qu'une enveloppe de couleur bleue s'y trouve. Si c'est le cas comme je le crois, veuillez immédiatement me téléphoner ici et je vous dirai ce qu'il conviendra de faire. Est-ce compris ?

– Donc, Wen Chang ne préparera pas demain breakfast pour maître Malcolm ?

– Non. Je m'en occuperai moi-même. Bonsoir, mon ami.

Et, en effet, le lendemain, lorsque l'aristocrate

se leva, Wen Chang était déjà parti pour Falcon Manor. Vers 8 heures, Douglas Forbes se présenta.

Au lieu de s'abîmer les yeux à regarder *Ma cousine Blandie*, Mrs Forbes aurait mieux fait de s'occuper de la garde-robe de son mari ! Le brave homme portait toujours le même costume noir couvert de pellicules aux épaules, une chemise douteuse et des souliers éculés, si bien qu'on l'eût plutôt pris pour un clochard que pour un brillant émule de Sherlock Holmes !

Sir Malcolm s'était fort amusé à préparer le café et les œufs brouillés, puis à disposer confiture, beurre, toasts et cookies sur la table basse de la salle de séjour. Pour le superintendant, une telle invitation était une fête.

– Mon cher, commença l'aristocrate, je vous prie de m'excuser de vous déranger, mais j'ai réellement besoin de votre compétence.

– À votre service, sir.

Sir Malcolm expliqua rapidement au superintendant de quoi il s'agissait. Il faudrait analyser les enveloppes et les lettres, comparer l'ensemble avec la machine à écrire et la photocopieuse du club. À ses yeux, le résultat ne faisait aucun doute, mais l'aristocrate espérait que d'autres indices pourraient être découverts par les services scientifiques du Yard, tels que la texture du papier, la marque des enveloppes… Forbes promit d'envoyer discrètement et dès le jour même un inspecteur au club pour se saisir des machines incriminées.

Le café venait à peine d'être servi que le téléphone sonna. Comme prévu, c'était Wen Chang.

– Il y a une enveloppe bleue au courrier.

– Parfait. Veuillez donc bien vous rendre dans mon bureau, y prendre le coupe-papier et ouvrir délicatement l'enveloppe. Ensuite, revenez au téléphone, je vous prie.

Le Chinois obtempéra, puis revint.

– Veuillez maintenant me lire le contenu de la lettre.

– Un instant. Voilà. « Salut. Trafalgar Tudor est un poivrot qui vit aux crochets de la société. C'est un fou dangereux qui a commis bien pire. Il dort au club et vide les bouteilles. » Et c'est signé : « le Vengeur. »

– Merci, Wen Chang. Maintenant, veuillez me dire à quel bureau cette lettre a été postée.

– Sur le timbre, il y a le tampon « Finsbury. University. 11 heures ».

– Et donc hier en fin de matinée. Notre corbeau se déplace beaucoup, décidément ! Une fine mouche ! Eh bien, Wen Chang, restez à Falcon Manor en attendant le courrier de l'après-midi. Au train où vont les choses, il ne m'étonnerait pas que nous ayons droit à un cinquième envoi ! Si c'est le cas, apportez-le-moi au club.

Sir Malcolm revint vers le superintendant qui beurrait un toast avec attention.

– Et voilà ! Le corbeau s'en prend maintenant à Tudor, le poète.

– Mme Forbes, mon épouse, a tenté de lire quelques-uns de ses vers. Elle croyait que c'était des poèmes d'amour, mais il paraît que certaines pages sont carrément… comment dirais-je ?

– Révolutionnaires…

– Voilà. Elle n'a pas du tout apprécié.

– Si je comprends bien, tous les membres du cercle vont y passer les uns après les autres. Cela dit, ce corbeau est atteint d'une frénésie incroyable ! Chaque courrier nous apporte une nouvelle ration de médisance. Du moins le rythme des envois prouve que toute cette affaire a été programmée et que l'exécution suit un plan parfaitement élaboré.

– En effet. Serait-ce que la frappe des textes et leur photocopie auraient été réalisées le même jour ou la même nuit ?

– Assurément, car le corbeau, qui est certainement un malin, pouvait redouter que nous nous apercevions assez vite qu'il utilisait les moyens du club. Pour ne prendre aucun risque il a tout tapé et tout reproduit en une seule fois. Mais alors rendez-vous compte du travail ! Cent quarante-quatre copies multipliées sans doute par sept, puisque nous sommes sept membres du cercle des Majors, soit sept fois cent quarante-quatre, ce qui fait plus de mille copies !

– Mille huit, exactement.

– Or il nous a envoyé des moitiés de page de type commercial, ce qui signifie qu'il a tapé deux fois le même texte l'un en dessous de l'autre, a fait le tirage et ensuite a découpé la feuille par le milieu, ce qui lui a permis d'économiser la moitié du papier. Vérifions.

Sir Malcolm plaça les unes à côté des autres la première lettre qu'il avait reçue et celles que lui avaient confiées différents Lambdas. Le texte était effectivement identique sur toutes, mais montrait de petites différences de disposition sur certaines. De plus, quelques feuilles étaient visiblement des hauts dont on avait coupé le bas, tandis que d'autres étaient des bas dont on avait coupé le haut.

– Ainsi le corbeau n'a-t-il eu qu'à effectuer cinq cents tirages, conclut sir Malcolm. Oui, étant donné la machine qui n'est pas d'un modèle très récent, c'est possible en moins de deux heures.

– Ensuite, poursuivit Forbes, le corbeau sera rentré chez lui, aura tranquillement fait son découpage et tapé les adresses sur sa propre machine, ce qui explique les caractères différents sur les enveloppes et sur les lettres proprement dites.

– Nous tenons le processus, fit sir Malcolm, mais reste à trouver celui qui a décidé de le mettre en œuvre. À première vue, il ne peut s'agir que d'un membre du cercle des Majors puisque seuls ces sociétaires possèdent la clé pour entrer nuitamment dans le club ainsi que la clé du petit bureau. Mais à y regarder de plus près, d'autres possibilités existent.

– On a pu faire des doubles des clés, proposa le superintendant.

– Et d'autres personnes ont pu emprunter celles de nos Majors... Des personnes de leur entourage... Du coup, voilà que tout se complique !

– Ce pourrait être n'importe qui !

– Non, Douglas. Il faut que ce soit quelqu'un qui possède la liste des cent quarante-quatre membres du club avec leur adresse. Il faut aussi qu'il connaisse les lieux et qu'il ait appris que dans le petit bureau sont disponibles une machine à écrire et une photocopieuse. Enfin il faut qu'il sache que le club n'a pas de veilleur de nuit et que Single dort dans sa soupente à poings fermés !

Chapitre 8

Cette matinée-là, sir Malcolm Ivory se rendit au domicile de l'archiviste général. Contrairement aux règles du savoir-vivre, il avait décidé de surprendre Charles Crown dans son intimité sans l'avoir prévenu de sa visite. Sans doute sa conscience d'aristocrate se révoltait-elle à cette pensée, mais son intuition d'enquêteur l'obligeait parfois à bousculer tout conformisme.

Crown avait sa résidence principale dans Mayfair, entre St. James'Square et Pall Mall. C'était une demeure de style « terracotta » qui avait dû être rénovée après la guerre. Le manque de carrières de pierre aux alentours de Londres avait obligé les architectes à l'invention. Ainsi la céramique décorative apparut-elle à la fin du XVIIIe siècle pour enjoliver les murs de façade qui étaient, en fait, en terre cuite, dite pompeusement, sous Victoria, « pierre de Coade », du nom de

Mrs Eleanor Coade qui fabriquait ce matériau sain et brillant bien fait pour plaire aux Édouardiens.

Bien que sir Malcolm trouvât ces bâtiments quelque peu théâtraux, il s'arrêta pour admirer la demeure plutôt grandiose de l'archiviste général. Chaque fois qu'il avait l'occasion de passer devant, il observait cette façade, mélange de faïence grège et de briques rouges, dessinée vers 1890 par Thomas Colcutt, l'architecte du Palace Theater de Cambridge Circus. Crown avait toutes les raisons de s'enorgueillir d'un tel ensemble, mais, bien qu'il fût de nature prétentieuse, il écartait toujours le sujet dès qu'on se mêlait de vouloir en parler. Sans doute était-ce parce qu'il aurait aimé faire croire qu'il avait acquis ce trésor grâce à ses études sur l'économie dans l'ex-Commonwealth alors que, de toute évidence, ce bien et d'autres encore lui étaient venus par héritage.

Un ascenseur vermoulu accueillit sir Malcolm. Il devait dater des premières années du siècle. L'aristocrate préféra prendre l'escalier qui le mena à l'entresol. Une large plaque en cuivre annonçait : « Thomas J. Crown » qui devait être le père de l'honorable archiviste général. Un vieux majordome maniéré vint ouvrir. Sir Malcolm remarqua que le col de sa chemise était sale.

– Monsieur ne reçoit pas.

La voix était pompeuse et appartenait à ces générations de domestiques qui, à force de servir des aristocrates, croyaient bon d'en imiter outrageusement les façons démodées.

– Veuillez bien présenter ma carte, je vous prie.

Le majordome prit le bristol entre deux doigts de son gant blanc, fit une légère courbette qui dut faire grincer sa colonne vertébrale, et s'en fut dans le corridor aux murs tendus de tapisseries défraîchies. Quelques minutes plus tard, il revint, tout aussi solennel, et fit entrer sir Malcolm dans une sorte de petit salon où il le laissa.

Le lieu sentait le moisi. Sans doute ne l'aérait-on jamais. De vieilles photographies jaunies dans des cadres tarabiscotés sommeillaient sur un papier peint décoloré. Deux fauteuils au rembourrage apparent stagnaient autour d'une table basse sur laquelle avait jadis été posé un vase aux fleurs séchées. Tout ici s'opposait à la magnifique prestance de l'extérieur, comme si l'on se fût trouvé dans une demeure à l'abandon.

En se penchant vers les photographies, sir Malcolm reconnut quelques lieux célèbres à travers le monde tels que le Tädj Mahal ou le grand temple d'Angkor. Sans doute étaient-ce des souvenirs des voyages que Charles Crown avait effectués pour parfaire ses études économiques

– Ah, vous regardez mes reliques ! s'écria le maître de maison en entrant brusquement dans la pièce. Mais vous auriez pu vous annoncer par téléphone ! Je me serais préparé afin de vous recevoir dignement. Voyez : je ne suis même pas rasé !

– Veuillez bien pardonner à l'ami, mais je suis ici en tant qu'enquêteur…

– Mon Dieu, je pardonne, je pardonne. Mais, dites-moi, avez-vous reçu la dernière lettre ?

– Celle qui accuse Tudor de vider les bouteilles du club ?

– Et surtout d'y dormir !

– Oui, et ça ne va pas s'arrêter, je le crains. Mais, cher archiviste général, puis-je m'asseoir ?

Crown se frappa le front avec un rien d'emphase.

– Où avais-je la tête ? Oui, asseyons-nous. Voyez, cette affaire me plonge dans une sorte d'irréalité. Hier, tous ces Lambdas, nos chers sociétaires… Ah, jamais notre club n'avait connu une pareille effervescence ! Tout cela finit par manquer de dignité.

Sir Malcolm n'avait guère l'intention de s'appesantir sur les états d'âme de son hôte. Il reprit :

– Tout cela est certes regrettable, mais permettez-moi de vous poser quelques questions. Et d'abord, à quelle date a eu lieu la dernière conférence ? Je n'avais pu m'y rendre et j'avoue que le moment de cette rencontre m'échappe complètement.

Crown réfléchit un court instant.

– C'était la conférence du professeur Hampton de la British Library sur les manuscrits d'Eliot. Quant à la date... Voyons.

Il sortit un petit carnet de la poche intérieure de son veston, le consulta et répondit :

– C'était le 22 février, à cinq heures de l'après-midi. Oh, ce fut très intéressant. Mais figurez-vous que ce satané Tudor s'en est pris au professeur en plein milieu de sa causerie. « Eliot n'était pas celui que vous décrivez ! Et patati patata ! » Hampton connaissait la réputation de Tudor : il n'a rien osé répliquer. Il a fallu que j'intervienne avec la diplomatie que vous me connaissez... Bref, ça s'est finalement bien terminé, mais en sortant Bartholomew Wood m'a dit : « Ce Tudor devient de plus en plus encombrant. Ce n'est qu'un pique-assiette qui se prend pour un grand bonhomme ! Il a même osé me demander de l'argent. » Mais pardonnez-moi, je déraille...

– Donc la dernière conférence au club a eu lieu le 22 février, reprit sir Malcolm, et, hier, Single m'a appris qu'il avait changé la bobine du ruban encreur de la machine à écrire à l'occasion de l'envoi des convocations à cette causerie. Combien de temps avant la rencontre avez-vous envoyé ces messages ?

– Trois semaines avant ! Je suis formel là-dessus ! D'ailleurs je me souviens très bien avoir demandé à Single de changer ce ruban encreur. Les caractères devenaient trop pâles.

– Et donc, si je sais compter, ce ruban a été changé vers le début février. Ce qui signifie que les lettres anonymes ont été tapées avant cette date-là. En effet, l'état des caractères sur ces lettres est identique à celui des dernières convocations que vous nous avez envoyées juste avant le changement de rouleau.

– Oui, cela paraît évident, admit Crown. Début février ! Et nous sommes début mai ! Est-ce que cela signifie quelque chose, sir Malcolm ?

– Le corbeau a attendu trois mois pour mettre en œuvre son projet. Pourquoi ? Évidemment ce laps de temps lui a permis de préparer les enveloppes avec les adresses, ce qui a tout de même été un rude travail... À moins qu'il n'y ait une autre raison qui nous échappe. Pourquoi maintenant et pas plus tôt ? Oui, cela mérite réflexion. Et, par exemple, vous souvenez-vous de quelque événement particulier qui aurait eu lieu début février ?

Crown ouvrit de nouveau le petit carnet qu'il avait gardé à la main.

– Début février, nous avons eu notre kermesse comme chaque année à la même date... Je ne vois que ça.

– Et comme chaque année je m'y trouvais. C'était dans le parc de la demeure du professeur Wood.

– Vous y teniez un stand, je crois...

– Celui des antiquités ! Grand mot pour décrire les petits objets et autres vieilleries que les uns et les autres avaient offerts pour cette occasion. Eh bien, nous avons presque tout vendu. Il y avait pourtant là des horreurs !

– Pour les causes humanitaires les gens se surpassent toujours, remarqua Crown. Aggie, l'épouse de Bartholomew, était la présidente du jour et m'a confié que nous avions récolté plus de cinq mille livres, ce qui n'est pas si mal, n'est-ce pas ?

Le souvenir de cette kermesse de février revenait à la mémoire de sir Malcolm. Il revoyait les tentes qui avaient été dressées dans le parc. Il faisait un froid humide et glacial. Chaque année, il se demandait pour quelle raison on plaçait toujours cette kermesse à une aussi méchante saison. On lui répondait : « C'est la tradition. » À cause du mardi gras, sans doute… Pourtant le mardi gras était un peu plus tard. Et ainsi la pensée de l'aristocrate s'était-elle évadée un instant de la demeure de l'archiviste général…

– Sir Malcolm, croyez-vous que Trafalgar Tudor se permette de venir coucher au club ?

La voix de Crown ramena Ivory à la réalité.

– Il se peut.

Single lui avait appris qu'existaient certaines traces de boue sur le canapé de Dickens, mais il avait promis de garder cette information pour lui.

– Mais alors, fit Crown, si, contre toute convenance, Tudor passe certaines de ses nuits au club, il se pourrait tout aussi bien que ce soit lui l'auteur des lettres !

– Peut-être… laissa tomber sir Malcolm, mais sa pensée revenait à cette kermesse à laquelle il n'avait plus songé depuis ce jour-là. Il faut dire que ce type de manifestation ne l'avait jamais beaucoup passionné. Il s'y rendait par devoir, par amitié pour les organisateurs qui, généralement, se donnaient bien du mal. Aggie Wood, par exemple, cette bourgeoise qui singeait les aristocrates et que sir Malcolm trouvait plutôt quelconque, dès qu'elle s'affairait autour d'un projet caritatif, devenait une espèce d'héroïne, de sainte. Elle était alors capable de remuer des montagnes, d'aller faire du porte-à-porte pour mendier des objets ridicules afin de les vendre ou les mettre aux enchères lors de kermesses assommantes, de diriger des ouvriers pour dresser les tréteaux, les tentes, de faire répéter durant des heures de minables chorales d'enfants, de monter des pièces de théâtre où des cigales se battaient contre des fourmis. Dans ces moments, Aggie Wood se croyait vraiment une combattante de Dieu, ce qui changeait les traits de son visage, sa démarche, le moindre de ses gestes, la transfigurait.

– Bartholomew a raison, poursuivait Crown. Nous devrions exiger de Tudor qu'il donne sa démission.

– Et ce serait donner raison au corbeau ! fit remarquer sir Malcolm.

– Hum. En effet. Il faudra attendre un peu. À moins que ce ne soit lui, le corbeau ! Et alors il finira en prison, n'est-ce pas ? Oser écrire que je suis gâteux ! Vous vous rendez compte ? S'il le faut, je lui ferai un procès en diffamation !

– Si c'est lui ! Mais, à propos, cher ami, qui possède la liste complète des membres du club avec leurs adresses ?

– Moi, bien sûr ! répondit l'archiviste général avec importance.

– Et personne d'autre ?

– Non. Vous savez, j'agis ainsi par discrétion.

– Alors, demanda sir Malcolm, comment se fait-il que le corbeau ait eu en mains cette liste d'adresses ? Et il l'a eue fatalement puisque chacun de nos membres a reçu ces lettres à son domicile !

Crown demeura interdit. Son visage trahissait brusquement l'incompréhension, la peur. Il balbutia :

– Heu, sir Malcolm… Je ne saisis pas ! C'est affreux. Je n'y avais pas pensé. En effet, je suis le seul à posséder la liste des membres…

– Où rangez-vous cette liste ?

– Dans le tiroir du bureau du club.

– Est-il fermé à clé ?

– Oh oui, naturellement. Je suis également le seul à garder cette clé. La voilà !

Il la sortit du gousset de son gilet et la montra à sir Malcolm, puis il prit sa tête entre les mains.

– Ah, je vois bien que cette liste me rend suspect, mais que vous dire ? Peut-être quelqu'un a-t-il pu ouvrir ce tiroir avec un passe-partout... Je ne sais pas. En tout cas, sir, croyez-le, je ne suis pas coupable ! D'ailleurs, aurais-je envoyé une lettre à tous nos membres en m'accusant d'être ivrogne et gâteux ? Croyez-vous que pareille conduite me ressemble ? Et pourquoi aurais-je voulu amener la zizanie dans ce club qui est une part essentielle de mon existence ?

Sir Malcolm n'insista pas et abandonna Charles Crown à sa perplexité. En marchant dans la rue, il se demandait pourquoi un personnage si vaniteux s'était contenté de le recevoir dans une pièce minable de sa somptueuse demeure qui, de surcroît, sentait le moisi !

Chapitre 9

La demeure de Bartholomew Wood trônait sur le côté nord de St. James'Park. Son parc personnel avait d'ailleurs jadis fait partie du parc public et en avait été séparé lors de la percée de Broadway Street vers 1920. Le banquier Moore s'était fait construire à cette occasion la maison que, vingt-cinq ans plus tard, à la sortie de la guerre, ses enfants devaient céder au professeur.

C'était un bâtiment comme on concevait la modernité architecturale à cette époque où l'Art déco battait son plein. Sir Malcolm n'appréciait guère ces frontons aux lignes profilées, conçues par Wallis, Gilbert et Partners, qui faisaient penser à de grands magasins plutôt qu'à des maisons particulières. Toutefois, c'était riche, indéniablement riche, ce qui avait séduit Wood lorsqu'il avait acquis cette bâtisse cubique, froide, sur laquelle on avait plaqué des moulures en forme de palmiers.

Comme sir Malcolm s'y attendait, l'obstétricien était à sa clinique. En fait, ce n'était pas lui qu'il voulait voir, mais la demeure et surtout le parc, où avait eu lieu la kermesse du début février. Il ne savait pas trop pour quelle raison il se sentait attiré par ce souvenir qui, en soi, ne lui paraissait guère important. Sans doute la coïncidence de la date de cette fête anodine et de celle où le corbeau avait commencé d'exercer son talent avait-elle provoqué dans son esprit une de ces intuitions qui faisaient sa réputation. Néanmoins il était le premier à n'en pas comprendre le sens, ce qui l'exaspérait plus qu'il ne voulait l'admettre.

Une jeune domestique le fit pénétrer dans le salon dont la large baie ouvrait sur le parc. Les meubles s'accordaient à l'architecture, sans doute achetés à prix d'or dans les rares magasins spécialisés en Art déco qui subsistaient du côté de Pimlico, ou lors de ventes publiques. Un ordre trop parfait régnait dans cette pièce à la fois somptueuse et, aux yeux de sir Malcolm, d'un goût douteux. On eût dit une exposition à l'Osterley Museum. Mais, à y mieux réfléchir, l'aristocrate trouva que cet ensemble possédait quelques accointances secrètes avec la froideur d'une clinique. Sans aucun doute était-ce le choix de Wood, encore que l'on pût se demander pour quelle raison il avait préféré ce style à tout autre.

Le parc, lui, bien qu'il ne fût plus qu'une infime portion de l'ensemble royal créé par John Nash, avait gardé le style et la part d'ordonnance que ce disciple lointain du Français Le Nôtre lui avait imposés. On pouvait y admirer le long de deux allées rectilignes une variété de conifères, de figuiers, de mûriers et de cyprès, mais aussi quelques bosquets et massifs d'arbustes qui humanisaient ce superbe jardin où, là encore, un ordre trop strict tendait à l'emporter sur l'élégance.

Lors de la kermesse sir Malcolm n'avait pu vraiment comprendre l'esprit de cette demeure et de ce parc. Les tentes dressées pour l'occasion bouchaient la vue, le brouhaha des visiteurs ôtait toute sérénité à ces lieux. Néanmoins, sir Malcolm soupçonnait que s'il devait vraiment se remémorer l'endroit tel qu'il était cet après-midi de février, il lui faudrait retrouver dans sa mémoire une image ou une série d'images dont il ne s'était pas préoccupé jusqu'à ce jour. Et, par exemple, où se trouvait la petite tente sous laquelle il s'abritait de la pluie afin de proposer sa brocante ? Était-ce le long de l'allée qui partait vers la droite ou de celle qui disparaissait derrière ce bouquet de bouleaux ?

Un froufroutement le fit se retourner. Discrète comme une ombre, Mme Aggie Wood était entrée dans le salon sans qu'il l'entendît et se trouvait derrière lui.

– Ah, sir Malcolm Ivory ! Je suppose que vous souhaitez rencontrer Bartholomew, mais, cher monsieur, à cette heure-là il opère à sa clinique !

– Pardonnez-moi, madame, d'arriver de façon impromptue, mais c'est bien vous que je souhaitais rencontrer.

Elle parut surprise, recula d'un pas en serrant un fin mouchoir contre sa poitrine. Quelqu'un qui n'aurait pas connu son rang social aurait pu la prendre pour une petite commerçante de South Hampstead ou de Shoreditch. Était-ce un effet de son tempérament naturellement modeste ou de sa religiosité ? Aucun maquillage ne venait rehausser la pâleur de son fin visage chiffonné. Sa chevelure grisonnante tirée en chignon imposait à ses traits une rigueur d'institutrice. Ni bracelet, ni collier, ni bague ne venaient agrémenter l'austérité de sa mise. Quant à sa robe noire, elle aurait pu être achetée à un rayon modeste de chez Harold. Néanmoins, de cet aspect volontiers quelconque se dégageait une sorte de charme désuet qui, dès qu'Aggie Wood s'exprimait, faisait place à une autorité contrôlée par des années de connivence avec le haut clergé.

« Femme redoutable sous d'humbles dehors », pensa sir Malcolm. Et il se souvint que l'évêque Stapple, considéré comme un fin renard, appartenait à son cercle d'amis.

– En quoi puis-je vous être utile, cher monsieur ?

– Eh bien, j'avoue que ma démarche pourra vous paraître étrange, voire déplacée. Et d'abord, le professeur Wood vous a-t-il tenue au courant des lettres anonymes qu'il a reçues au même titre que tous les membres des Scriveners ?

– Naturellement. Bartholomew m'a simplement dit que ces lettres étaient ridicules et n'avaient aucun caractère de gravité. Vous savez, il a bien d'autres préoccupations que celles-là !

– Je veux bien le croire, chère madame. Néanmoins, le hasard – mais est-ce le hasard ? – veut que le corbeau ait tapé et reproduit ces lettres début février, c'est-à-dire à une date voisine de la kermesse annuelle du club qui a eu lieu dans votre propriété.

Elle fronça les sourcils et, commençant à subodorer la raison de la visite de l'aristocrate, elle le pria de s'asseoir. Puis elle demanda :

– Comment notre kermesse pourrait-elle avoir le moindre rapport avec ces lettres ?

– À vrai dire, madame, je n'en sais rien. Le club m'a demandé d'enquêter et, pour l'heure, toutes les pistes m'intéressent, même si, à première vue, elles paraissent plutôt légères. Ma première question sera donc celle-ci : lors de cet après-midi de février, auriez-vous remarqué quelque incident ou quelque particularité qui vous auraient intriguée ?

– Mon Dieu, quelle curieuse question ! s'exclama-t-elle. Mais, si je comprends bien, vous pensez qu'un événement aurait pu se passer lors de cette kermesse qui aurait amené l'auteur de ces lettres à les écrire ?

– Oui, madame, mais, encore une fois, j'avance dans les ténèbres...

– Oh, cher monsieur, nous sommes tous dans les ténèbres. Seule la foi en Christ ressuscité peut nous procurer quelque lumière ! Quant à un événement insolite qui aurait eu lieu ce jour-là, voyons... Il y a bien eu le petit Bertram qui est tombé et s'est écorché les genoux. Sa mère criait au meurtre ! Vous savez, certaines gens couvent trop leurs enfants. Quoi encore ? Ah, lorsque le révérend Ashley de la paroisse de St. Mary est arrivé, il a pris Charles Crown pour mon mari, ce qui a amené une petite série de quiproquos. Il faut dire que le cher homme est non seulement distrait mais myope comme une taupe ! Ah, il s'est produit également, au moment de la tombola, la dispute entre ce poète extravagant... Comment l'appelez-vous ?

– Trafalgar Tudor, peut-être...

– C'est cela ! Il avait gagné comme lot un roman de ce personnage... ce Thomas Scalon... Et vous savez ce qu'il a fait, ce garçon ? Je parle de Tudor. Il a pris le livre et l'a jeté au visage de Scalon en criant qu'il lui rendait volontiers cette saleté. Ce fut son mot. Bref, un scandale ! Et notez que, personnellement, je n'ai jamais lu un seul livre de Scalon, mais, d'après mes renseignements, cet homme est un auteur licencieux de bas étage. Ainsi ne puis-je donner totalement tort à Tudor qui, après tout, avait parfaitement le droit de refuser un lot pareil !

– Je vois, dit sir Malcolm. Tudor est d'un tempérament assez bouillant. Et, mis à part ces incidents, chère madame, n'avez-vous aucun autre souvenir qui pourrait se rapporter à notre affaire ?

– Vraiment non.

– Je vais donc poser ma question autrement. Prenons, les uns après les autres, les membres du cercle des Majors auquel appartient votre mari. Et, à tout seigneur tout honneur, commençons par l'archiviste général, M. Charles Crown. Si je m'en souviens bien, il tenait le stand de tir aux pipes.

– C'est exact ! Mais, vous savez, je ne suis pas restée à côté de chacun des invités à tout instant !

– Certes ! Vous alliez d'un stand à l'autre. Vous vous occupiez des domestiques qui devaient préparer la collation…

– Et, avant tout, j'accueillais les nouveaux venus avec mon mari !

– Donc, selon vous, Charles Crown est resté tout l'après-midi à son stand de tir aux pipes.

– Je le suppose, oui. C'était le rôle assigné à chacun de ceux que vous appelez les Majors. Edward Page, je m'en souviens, tenait le tir aux pigeons, ce qui, au début, l'avait beaucoup mortifié. Lui, un ornithologue, vous comprenez ! Il a accusé Crown de l'avoir fait exprès, ce qui était faux car c'est moi qui avais placé les uns et les autres. Je l'avais fait sans malice. Je suis allée m'excuser et ce brave homme l'a finalement très bien pris. Il ne s'agissait d'ailleurs que de pigeons en carton.

– Quel stand tenait Thomas Scalon ?

Elle se prit à rire de façon mutine en cachant sa bouche derrière son mouchoir.

– Là, je l'avais fait exprès ! C'est lui qui tenait le stand de la Bible et des objets pieux ! Le peu qu'il en a vendu lui aura tout de même valu quelque pardon du Seigneur… La grâce frappe où elle veut, n'est-ce pas ?

Sir Malcolm ne souhaita pas s'attarder sur cette question.

– Et Tudor, le poète dont nous parlions ?

– Il s'occupait des balançoires pour les enfants. Mais, vous savez, il y a beaucoup d'adultes qui en profitent. Par exemple, cette dame… L'épouse de l'ornithologue…

– Mme Emma Page…

– Eh bien, je dois dire que ça m'a choquée, tout de même ! À un moment où la pluie avait cessé, elle s'était installée à demeure sur l'une des trois balançoires et elle riait aux éclats, elle s'amusait comme une folle, et pendant ce temps-là il y avait des petits qui faisaient la queue et pleurnichaient pour y jouer. Une femme sans cœur, je suppose, alors que son mari, tout distrait et original qu'il soit, est une belle âme. D'ailleurs, un homme qui aime les oiseaux ne peut être mauvais, n'est-ce pas ?

Sir Malcolm tout à coup se souvint de la scène. Emma Page en robe rouge se balançait en riant. Oui, à l'époque, cela l'avait frappé. Mais pourquoi ? Parce qu'elle était belle, tout simplement, et que sa gaieté faisait plaisir à voir et à entendre ? Non, peut-être pas seulement. Il y avait une autre raison à l'attention qu'il avait portée alors à cette grande femme s'amusant comme une enfant. Il avait beau chercher dans sa mémoire, il ne trouvait pas de quoi il s'agissait.

Et, d'ailleurs, cela avait-il la moindre importance ?

Chapitre 10

*T*homas Scalon s'était installé dans le quartier de Bloomsbury, non loin de la British Library et de la Courtaud Institute Gallery. Son appartement était sis au dernier étage d'un immeuble vieillot que l'on avait quelque peine à rénover si l'on en jugeait par les échafaudages qui en garnissaient la façade.

Un ascenseur asthmatique hissa sir Malcolm Ivory jusqu'au palier où le romancier, averti par l'interphone du hall, l'attendait. Il avait revêtu une robe de chambre violine sur son complet et arborait sur le crâne une toque de velours noir.

– Bienvenue, cher ami ! Je savais qu'en vous confiant cette affaire vous ne chômeriez pas ! Entrez, je vous prie.

L'appartement était décoré de façon surprenante. Sur la plupart des meubles avaient été posées des statues de femmes plus ou moins dévêtues tandis qu'une véritable exposition de nus féminins s'étalait sur les murs. Pour le reste, c'était un ameublement sans goût où se mêlaient des copies récentes de tous les styles.

Scalon fit pénétrer l'aristocrate dans son bureau qui tenait plus du capharnaüm que de la bibliothèque. Des livres étaient éparpillés un peu partout et il fallut en retirer d'une chaise pour s'asseoir.

– Une maison d'artiste et, qui plus est, de célibataire, comme vous voyez ! s'écria le romancier assez fier de son désordre. Alors, sir Malcolm, vous avez lu la dernière prose du corbeau ? C'est au tour de Tudor de se faire épingler par notre redresseur de tort, et bientôt ce sera moi, j'en suis certain.

– J'ai déjà eu ma part, fit remarquer l'aristocrate. Mais, dites-moi, monsieur Scalon, pourquoi craignez-vous tant ces lettres depuis le début ?

– À cause du scandale ! Qu'un Tudor soit malmené ne me dérange pas le moins du monde. C'est un méchant poète que la mode utilise pour se donner bonne conscience, mais moi, Thomas Scalon, un romancier à succès, avec un tirage par bouquin de plus de soixante mille exemplaires, ah, c'est autre chose ! Savez-vous à combien mon éditeur a tiré mon dernier titre ? Cent mille ! Et ce n'est pas fini. Mon public m'aime parce que je suis un réaliste ! Un réaliste ! Il se reconnaît dans la véracité de mes personnages.

– Jusqu'à présent, les messages du corbeau sont restés entre nous. Que pouvez-vous redouter ? insista sir Malcolm.

– Cette confidentialité ne peut pas durer longtemps ! Vous allez voir que les journaux vont s'emparer de l'affaire... Évidemment, quand on s'appelle Edward Page et qu'on élève des oiseaux ridicules, ou Bartholomew Wood et que l'on ausculte l'intimité des dames de la haute société, on se moque comme d'une guigne d'une fâcheuse publicité. Et vous-même, sir Malcolm, qu'est-ce que cela peut vous faire que l'on se demande pourquoi vous êtes resté célibataire, mais moi, moi, Thomas Scalon, j'ai une image à défendre auprès de mes milliers de lecteurs !

Sir Malcolm ne comprenait toujours pas ce que pouvait bien craindre l'écrivain, mais il décida de changer brusquement de sujet afin de ne pas s'enliser dans des propos stériles et sans fin.

– Pardonnez-moi, cher ami, si je fais dévier la conversation. Je dois commencer mon enquête, n'est-ce pas ?

– Auprès de moi ? Mais je ne sais rien !

– Parfois on connaît inconsciemment des choses que l'on croit ignorer. Vous souvenez-vous de la dernière kermesse organisée par le club ?

– Chez les Wood ? Oui, parfaitement. Il pleuvait. Ce devait être en mars.

– Début février, corrigea sir Malcolm. Quel stand teniez-vous ?

– L'épouse de Wood, qui est une punaise de sacristie, m'avait fait vendre des bouquins religieux. Amusant, non ? Entre nous, cette femme gagnerait à s'arranger un peu. C'est fou ce que les curés arrivent à faire de leurs paroissiennes ! Car, je ne sais pas si vous l'avez remarqué, mais Aggie Wood a un très joli corps, des jambes parfaites. Il suffirait de dénouer son chignon. Ah, moi, je suis pour l'amour, vous comprenez !

– C'est ce que j'avais cru remarquer, fit l'aristocrate, plutôt embarrassé.

– Et puis, nous sommes entre hommes, n'est-ce pas ? Toutes ces femmes qui font du chichi en jouant les dames patronnesses, moi je les trouve craquantes ! Beaucoup plus excitantes que les danseuses de french cancan ! Et, contrairement à ce qu'elle voudrait nous faire croire, je suis certain qu'Aggie Wood est une bonne affaire au lit, dont son mari ne sait pas assez profiter ! Il lui préfère ses patientes, à ce qu'on dit !

Sir Malcolm n'avait guère l'habitude d'entendre des propos pareils.

– Vous n'êtes guère chevaleresque, Thomas Scalon !

– C'est vrai. Je vous l'ai dit : je suis un auteur réaliste. Je peins les gens comme ils sont, même dans leur intimité la plus secrète, ce qui me donne une bonne expérience des mœurs véritables de mes contemporains. Croyez-moi, ils sont tous attirés par le sexe ! Et ceux qui se croient mystiques sont encore plus obsédés que les autres ! Avez-vous lu mon roman *Les Amours de sœur Coshrane* ?

– Revenons-en à cette kermesse, fit l'aristocrate, plutôt écœuré par les propos de Scalon.

– Mais je ne comprends pas. En quoi cette minable kermesse vous intéresse-t-elle ?

– Il se peut qu'un lien existe entre cette fête et les lettres anonymes.

– Curieuse idée…

– Peut-être, mais dites-moi, lors de cette réunion, n'avez-vous pas été frappé à un moment ou à un autre par un événement insolite ?

Scalon laissa échapper un grand rire.

– Ce sont ces kermesses elles-mêmes qui sont insolites ! Cela dit, dans un roman, elles sont bien pratiques. Elles permettent la rencontre de gens qui ne se seraient jamais rencontrés autrement. Des amours peuvent se nouer.

– Était-ce le cas en février ?

Scalon parut soudain gêné.

– Non, bien entendu. Je parlais d'un point de vue technique. Par exemple, dans *La Jupe mauve de lady Sharp* – un autre de mes romans –, c'est dans une vente de charité que Jim fait la connaissance de Daisy qui deviendra sa maîtresse ; je devrais dire son âme damnée.

Sir Malcolm ayant remarqué le léger embarras de son interlocuteur insista :

– Lors de la kermesse de février, auriez-vous fait une agréable rencontre, monsieur Scalon ?

– J'ai surtout été bafoué par ce minable de Tudor ! Il avait gagné un de mes livres et me l'a envoyé en pleine figure ! Je ne comprends pas que ce voyou ne soit pas jeté hors du club !

Il fuyait la question. Agacé, sir Malcolm lança :

– Vous me cachez quelque chose, monsieur Scalon !

Le romancier se força à rire, mais ce rire sonnait si faux qu'il s'en rendit compte et le transforma en toux. Puis, se ressaisissant, il déclara d'un ton mauvais :

– Écoutez, Ivory, vous êtes venu chez moi sans me prévenir. Vous êtes là à me poser des questions sur une kermesse vieille de plusieurs mois dont je me contrefiche, et, de plus, vous me provoquez comme si j'étais un suspect !

– Tous les membres du club sont suspects !

– Et vous le premier, Ivory ! Qui nous prouve que ce n'est pas vous qui avez manigancé cette histoire pour vous faire mousser ?

Sir Malcolm se leva et allait gagner la porte lorsque Scalon le retint.

– Allons, excusez-moi, je vous prie. Je me suis laissé emporter. En fait, vous avez raison. Un événement m'avait intrigué, ce jour-là. Veuillez bien vous rasseoir, je vous prie.

Étonné par ce soudain revirement, sir Malcolm reprit place dans le fauteuil qui faisait face au bureau encombré du romancier.

– En fait, j'hésitais à vous en parler parce qu'après tout, ça ne me regarde pas. Il s'agit de Charles Crown, notre archiviste général. Cet après-midi-là, il tenait le stand du tir aux pipes. De l'endroit où je me trouvais je le voyais très bien et comme je m'ennuyais un peu j'avais tout le temps de l'observer. À un moment – ce devait être vers les cinq heures –, Single est arrivé. Crown lui a demandé de prendre sa place dans le stand et il s'est éclipsé. Un instant plus tard, je l'ai vu traverser l'allée et se rendre devant le stand d'Edward Page. Très vite ils se sont disputés. De là où j'étais, je ne pouvais pas les entendre, mais à leurs gestes je comprenais que c'était une querelle assez grave. Finalement, Page a donné une gifle à Crown qui la lui a rendue. Puis ils se sont séparés. Crown est revenu à son stand. Mais ce n'est pas tout.

– Je vous écoute...

– Au moment où, en fin de journée, nous quittions tous nos stands pour nous rendre devant le petit théâtre où devaient se produire les enfants, j'ai vu que Crown revenait vers Page et, cette fois, loin de se chamailler, ils ont échangé de l'argent.

– Lequel payait l'autre ?

– Il me semble que c'était Crown qui payait Page. Et naturellement c'est ce changement d'attitude qui m'a étonné.

Sir Malcolm réfléchit un instant puis il demanda :

– Et Mme Page, la connaissez-vous ?

Thomas Scalon sourit de toute sa mâchoire de carnassier :

– Une femme splendide ! On se demande comment ce rêveur de marchand d'oiseaux a pu se marier avec une femme aussi grandiose ! Grandiose, c'est le mot ! Mais, attention, elle est plutôt collante. Si vous souhaitez l'approcher, je vous préviens. Du vrai papier tue-mouches de première catégorie !

Toujours ce langage vulgaire vis-à-vis des femmes ! Sir Malcom décida de ne pas insister, mais la vision d'Emma Page en robe rouge sur la balançoire revint obstinément à son esprit.

Chapitre 11

Comme il était déjà 14 heures lorsque sir Malcolm Ivory sortit de chez Thomas Scalon, il s'arrêta pour se restaurer d'une pizza et d'un verre de Chianti dans un bar italien de rencontre. La pizza était trop salée et le vin était piqué. De mauvaise humeur, il héla un taxi et se fit conduire à l'oisellerie d'Edward Page.

Le magasin ne payait guère de mine. Coincé entre deux bâtiments grisâtres, il tentait de se faire remarquer en éclairant violemment une vitrine où l'on pouvait admirer des lapins en cage. À l'intérieur, des rangées de volières abritaient des oiseaux de toutes les espèces dans un vacarme de piaillements, de sifflements, de croassements qui perçait les oreilles.

Une très vieille dame au dos voûté s'approcha de sir Malcolm. Elle devait avoir près de quatre-vingts ans et, en parlant, tenait sa tête sur le côté.

– À votre service, monsieur…

– Pouvez-vous avoir l'obligeance de m'annoncer à M. Edward Page, je vous prie ?

La vieille partit d'un rire sec et saccadé, puis de sa voix de crécelle elle expliqua :

– L'honorable marqueur des cygnes n'est jamais ici. Je suis sa mère et c'est moi, à mon âge, qui dois m'occuper de toutes ces bestioles. Que voulez-vous ? C'est un homme très occupé.

– Je veux bien le croire.

– Il possède une grande volière à Putney. C'est là qu'il élève ses propres oiseaux ; je veux dire ceux de sa collection personnelle. Il y passe une grande partie de ses journées. Mais à qui ai-je l'honneur, monsieur ?

– Sir Malcolm Ivory. Je suis membre du club des Scriveners, comme votre fils.

– Ah, je vois ce que c'est ! Très bien. Très bien. Edward a toujours été un esprit brillant, vous savez… Certains ne le comprennent pas. Trop d'intelligence pour leur petit cerveau. Déjà à quatre ans il lisait couramment et connaissait la table de deux. Mme Goldmish, son institutrice de l'époque, prétendait n'avoir jamais connu un enfant aussi doué. Et puis, un peu plus tard, il s'est pris de passion pour les oiseaux.

– Il est devenu un ornithologue réputé.

– Sa Majesté la reine l'a choisi pour ses cygnes. C'est tout dire ! Ah, ce fut un grand honneur…

Sir Malcolm, tout en parlant, considérait une cage où trois gros oiseaux se tenaient sur une barre et se livraient à un exercice bien curieux. Deux des oiseaux avaient de belles plumes rouges, vertes et jaunes. Le troisième était tout blanc. Les premiers s'ingéniaient à repousser l'autre jusqu'au bout du perchoir, l'obligeant finalement à quitter la barre. Le persécuté s'entêtait à revenir et le manège recommençait sans fin.

– Edward est un savant, vous comprenez... Il a rénové l'usage des appeaux pour la chasse aux canards. Avez-vous lu ses livres ?

– Bien que je ne sois pas un spécialiste, j'ai beaucoup apprécié son étude sur les corbeaux. Cette réhabilitation me paraît très justifiée. Mais, je vous prie, où pensez-vous que je pourrais joindre votre fils ?

– Maintenant ? À sa volière de Putney, sans aucun doute. Il vient d'acheter un couple de rossignols philomèles qui vient du Honduras. Une rareté ! Il doit en observer l'acclimatation.

– Habite-t-il à Putney ?

Le rire sec se fit à nouveau entendre.

– Oh, cela lui arrive assez souvent de rester là-bas pour une nuit et, par exemple, lorsqu'un oiseau est souffrant ; mais généralement c'est chez moi qu'il vient se reposer. J'habite non loin d'ici.

Sir Malcolm fut stupéfait.

– Votre fils n'est-il pas marié ?

Elle haussa ostensiblement les épaules.

– Oh, fit-elle avec dédain, sa soi-disant épouse n'est pas une femme ! Une femme, ça sait faire la cuisine, ça s'occupe de la maison. Mais là… Je vais vous dire le fond de ma pensée : ce n'est pas une femme, c'est une femelle !

– Eh bien, s'écria l'aristocrate profondément choqué, vous n'avez pas l'air d'apprécier votre bru !

– Mon fils ne savait pas ce qu'il faisait en se mariant avec cette Emma Lindsey ! Je l'avais pourtant prévenu ! Je lui disais : « Cette fille est chaude. Ça ne va pas coller avec ton caractère. Elle te trompera ! » La connaissez-vous ?

– Je l'ai aperçue, mais je ne lui ai jamais été présenté.

– Tant mieux pour vous !

L'oiseau blanc remontait pour la centième fois sur le perchoir et les deux oiseaux de couleur recommençaient à le pousser vers l'extrémité de la barre.

– Madame, pourriez-vous me confirmer l'adresse de votre fils ?

– Comme je vous l'ai dit, c'est chez moi.

– Je parle de son adresse officielle !

Comme elle demeurait obstinément muette, il consulta son carnet et poursuivit :

– Est-ce bien toujours dans le quartier de Battersea ?

– Hélas ! Edward avait acheté un gentil appartement pour abriter leur couple. Un vrai trois-pièces ! Et puis voilà ! Sir, j'ignore si vous êtes marié, mais méfiez-vous ! La plupart des femmes d'aujourd'hui sont des traînées !

Sir Malcolm la remercia du conseil et s'en fut. L'heure était venue de téléphoner à Falcon Manor. Il s'arrêta dans une cabine publique, appela et tomba sur Dorothea Pickwick.

– Pouvez-vous me passer Wen Chang ?

La voix de la majordome se fit plaintive.

– Sir, vous n'avez plus confiance en moi !

– Pourquoi dites-vous des choses pareilles, chère Dorothea ?

Le récepteur se mit à vibrer.

– Je ne suis pas votre « chère Dorothea » ! Vous me cachez quelque chose ! Qu'est-ce que c'est que ces enveloppes bleues ? Toujours des lettres anonymes ? On vous veut du mal !

– Je vous remercie de votre prévenance, mais ne vous inquiétez pas. Il s'agit de mon club et non de moi.

– Ah, vous me rassurez ! Merci, sir Malcolm. Je vous passe Wen Chang.

Une nouvelle missive du corbeau était arrivée par le courrier de l'après-midi. La cinquième ! Elle avait été postée la veille au soir, à 23 heures, à la poste de Lambeth.

« Salut ! Bartholomew Wood est un ignoble dragueur. Il profite de son cabinet médical pour forcer des femmes honnêtes. Il a pris l'argent de sa femme si laide. Le Vengeur. »

En raccrochant, sir Malcolm ne put s'empêcher de sourire. Décidément, le corbeau avait de la suite dans les idées ! C'était, à présent, le tour du professeur ! On ne le ménageait pas. Sa femme non plus ! Le prochain serait certainement Edward Page ! Edward Page et sa vieille mère qui le couvait. Edward Page et son épouse, la si appétissante Emma en robe rouge sur la balançoire… Mais Wen Chang avait ajouté que le superintendant Forbes avait téléphoné et demandait qu'on le rappelle. Sir Malcolm, profitant de sa présence dans la cabine publique, s'exécuta.

– Allô, sir ? Ah, je suis heureux de vous entendre ! Le laboratoire est en train d'analyser la machine à écrire et les lettres que vous m'avez confiées. Vous aviez vu juste. D'ores et déjà on peut affirmer que c'est bien sur elle que les lettres anonymes ont été tapées. Je parle des lettres envoyées aux membres de votre club. Mais attendez ! Il y a plus extraordinaire !

– Quoi donc ?

– Incroyable ! La lettre du corbeau que j'ai moi-même reçue, celle où l'on m'accuse, vous savez… Avec la petite stagiaire… Eh bien, cette lettre a également été tapée sur cette même machine !

– Sur la machine à écrire du club ?

– C'est ce que le laboratoire prétend. Il ne s'agissait donc pas d'une coïncidence !

Sir Malcolm Ivory était si stupéfait qu'il demeurait muet au bout du fil. Douglas Forbes poursuivait :

– Mais quel rapport peut-il exister entre le club et moi ? C'est incompréhensible !

L'aristocrate émergea de sa stupeur avec difficulté, puis il dit :

– Le seul lien entre le club et vous, mon bon Douglas, n'est autre que moi ! Le corbeau sait que nous nous connaissons. Il n'ignorait pas qu'en vous envoyant cette lettre vous m'en parleriez. Et donc il me provoque !

– C'est peut-être ça. Mais comment sait-il que nous nous connaissons ?

– Oh, ce n'est pas difficile ! Il suffit de lire les journaux relatant notre dernière enquête, et puis les membres du club savent tous que je travaille avec Scotland Yard. Il n'empêche que je suis ahuri par l'audace de ce corbeau ! Que cherche-t-il ? Que veut-il ? Et pourquoi me provoque-t-il ?

– C'est curieux.

– D'ailleurs, comment sait-il que l'on a nommé cette stagiaire auprès de vous ? Il se peut qu'à vouloir trop faire le malin, l'auteur de ces lettres finisse par se trahir. En effet, nous savons maintenant qu'il connaît aussi bien les membres du club que les dernières nouvelles du Yard. Son identité commence à se préciser. Mais, dites-moi, à quelle date cette jeune femme est-elle entrée dans votre service ?

– Findley s'est cassé la jambe aux sports d'hiver. C'était fin décembre. Le sergent Frazer a été nommée en remplacement vers le milieu de janvier.

– Et donc le corbeau pouvait être au courant de cette nomination dès cette date et taper la lettre qui vous était destinée en même temps que les autres, début février ! Tout se tient !

– Mais pourquoi agir ainsi ? Pourquoi ?

– C'est ce qu'il va falloir comprendre. Il n'empêche que ce nouvel élément a beau être stupéfiant, il n'en demeure pas moins éclairant. Par le biais de la lettre anonyme que le corbeau vous a envoyée, il a voulu m'adresser un message, à moi, Ivory. J'ai beau être habitué à des affaires compliquées, j'avoue que celle-là dépasse tout ce que mes petites méninges pouvaient imaginer ! Cela dit, Douglas, seriez-vous libre pour dîner ce soir avec moi ? Nous nous retrouverions d'abord à mon appartement de Soho. Cela vous convient-il ?

– Certainement, sir Malcolm.

– Parfait. Veuillez bien prévenir votre épouse que vous risquez de rentrer tard ! Après le dîner, nous partirons en expédition. Munissez-vous d'une torche électrique !

– En expédition ?

– Dans les profondeurs nocturnes du mystère… murmura sir Malcolm en riant.

Chapitre 12

*S*ir Malcolm Ivory réservait sa prochaine visite à Trafalgar Tudor qui, il le savait, habitait ou avait habité non loin de l'oisellerie d'Edward Page. La rumeur voulait qu'il vécût tantôt dans des hôtels borgnes tantôt chez des buveurs de rencontre, mais l'aristocrate avait noté l'adresse que le poète avait confiée au club et désirait s'y rendre, ne fût-ce que pour en connaître le genre.

Ashley Street était une ruelle sans envergure, plutôt crasseuse comme il s'en trouve auprès des gares. Des sex-shops s'y étaient installés, alternant avec de minables bars grecs et arabes. Seul agrément de l'endroit, une musique de sirtakis s'élevait allégrement d'un étal où l'on débitait des tranches de mouton rôti.

Au numéro 14 s'ouvrait un porche délabré qui témoignait d'un passé plus glorieux. Empruntant un couloir obscur, le visiteur trouva à tâtons l'entrée d'un escalier qui, brusquement, s'éclaira.

– Eh, vous là, vous cherchez quelqu'un ?

Ce devait être une sorte de concierge. Elle semblait n'avoir pas d'âge et était vêtue comme un garçon.

– M. Tudor, s'il vous plaît.

Elle se mit à rire.

– Il y a longtemps qu'il n'habite plus ici, votre Tudor ! Même que c'est mieux pour nous tous !

– Et son courrier ?

– Je le garde et, de temps en temps, il passe le prendre. Mais vous dire où il habite maintenant, je n'en sais rien et je ne veux pas le savoir !

– Y a-t-il longtemps qu'il est passé la dernière fois ?

– Non, ce matin, justement. Il était complètement saoul. À neuf heures ! À se demander avec qui un gars pareil fait la fête ! Il n'a pas un cent ! Et ça se dit poète ! Peuh ! Poète comme je suis archevêque, oui !

Sir Malcolm comprit qu'il ne tirerait guère de renseignements de cette femme. Pourtant il lança à tout hasard :

– Et quand il habitait là, vivait-il seul ?

– Vous savez, la turne dans laquelle il créchait était grande comme un mouchoir ! Mais, des fois, il recevait.

– Une femme ?

– Oui, une femme, même que ça m'étonnait. Une femme de la haute, pour sûr... Elle se cachait en passant devant ma porte, mais j'ai l'œil ! Il fallait voir la qualité de ses souliers.

– Quelqu'un de jeune ?

– Je peux pas dire puisqu'elle se cachait. À mon avis c'était une femme qui voulait s'encanailler. Autrement, qui ça pourrait être ? Je ne me vois pas faire l'amour avec un gars comme ça dans une piaule aussi dégoûtante, vrai de vrai qu'il faut être un peu spécial, je vous le dis tout net !

Sir Malcolm regagna la rue. Après tout, c'était bien le genre de Tudor : poète reconnu mais maudit, anarchiste invétéré, ivrogne et logeant dans un studio en ruine qu'il ne pouvait même plus se payer ! Évidemment, les Scriveners n'auraient jamais dû accepter sa candidature, mais elle avait été proposée par Crown lui-même et l'on avait laissé faire. Tudor n'avait-il pas eu le prix Shakespeare ? Après tout, ce genre d'homme pouvait fort bien séduire une bourgeoise en mal de romantisme exacerbé ! Même Browse, le musicien fou, avait eu des maîtresses alors qu'il fumait de l'opium et couchait dans une cabane à lapins !

Revenu vers la gare, sir Malcolm héla un taxi auquel il commanda de le mener au 240 Battersea Park Road, la résidence du couple Page. Curieux couple et qui méritait bien qu'on s'en occupe ! D'un côté, un vieil ornithologue original, honoré par la reine, partageant sa vie entre ses volières de Putney et l'appartement de sa mère ! D'un autre côté, une superbe quadragénaire en robe rouge s'amusant sur une balançoire en riant, riant comme une petite fille ! « Une femme sans cœur », avait susurré Aggie Wood. « Une femelle », avait craché la vieille Page.

À l'interphone du hall, sir Malcolm se présenta. Après un assez long moment, une voix de femme lui répondit.

– C'est à quel sujet ?

– Je désire voir Mme Page.

– Je regrette. Mme Page est absente.

– Savez-vous à quelle heure je pourrai avoir quelque chance de la rencontrer ?

– Je ne suis que la femme de ménage et aux heures où je viens travailler, Mme Page n'est jamais dans l'appartement.

– Pourriez-vous laisser un mot disant que sir Malcolm Ivory désire prendre rendez-vous avec elle ?

La voix à l'interphone hésita un instant, puis reprit :

– Vous avez dit Ivory ? C'est bon. Je laisserai un mot.

Et on raccrocha.

À cette heure-là, peut-être travaillait-elle ? Ou était-elle au cinéma ? De toute façon, il ne restait à sir Malcolm qu'à repartir. Il fit quelques pas dans la rue, puis s'arrêta. Retournant sur ses pas, il revint dans le hall et appuya de nouveau sur le bouton de l'interphone. Un assez long moment plus tard, la voix féminine, légèrement exacerbée, demanda :

– Qui est là ?

– Un paquet pour Mme Emma Page...

– Veuillez le laisser au gardien.

– Le gardien est absent.

– Ah, c'est toujours pareil ! C'est bon. Montez ! Deuxième, porte à gauche !

Sir Malcolm emprunta l'ascenseur. L'immeuble avait dû être construit vers 1930 mais avait été rénové après la guerre. La porte de l'appartement était ornée de la reproduction d'un dessin de Picasso représentant une colombe. Une main mal intentionnée (un enfant, peut-être) avait griffonné dessus. L'aristocrate sonna, déclenchant un petit carillon. Des pas feutrés se firent entendre derrière la porte. Sir Malcolm reconnut aussitôt la femme en robe de chambre et pieds nus dans des pantoufles qui lui ouvrit. Sans erreur possible, c'était Emma Page. Elle sursauta :

– Mais vous n'êtes pas un livreur !

Son beau visage avait pâli sous l'effet de la surprise, mais elle se reprit aussitôt.

– C'est vous qui aviez déjà sonné, n'est-ce pas ? Je vous ai dit que Mme Page était absente !

– Faites-vous toujours le ménage en peignoir ? répliqua sir Malcolm en souriant.

Elle monta sur ses ergots et sir Malcolm nota que la colère lui allait fort bien. Même décoiffée comme elle l'était, elle avait un charme fou.

– Écoutez ! Je ne sais pas qui vous êtes et vos manières sont insupportables !

Elle tenta de refermer la porte. Sir Malcolm s'y opposa. Ce n'était certes pas dans ses manières, mais il lui fallait bien faire avec les circonstances. Il déclara sur son ton le plus charmeur :

– Madame Page, vous ne vous souvenez pas de moi. En revanche, je me souviens de cette kermesse de février où vous faisiez de la balançoire… Vous portiez une robe rouge et vous riiez, vous riiez !

Un instant elle se demanda quel parti prendre, puis elle lança avec force :

– Écoutez ! C'est mon droit de vouloir être seule ! Vous forcez mon intimité d'une manière… d'une manière vulgaire et tout à fait incorrecte ! Je vous demande de vous en aller !

– Madame Page, il est nécessaire que je vous parle. Préférez-vous que je revienne ou que nous nous donnions un rendez-vous ailleurs ?

Elle enrageait et serrait les poings nerveusement, ce qui la rendait plus charmante encore.

– Pourquoi voulez-vous que nous nous rencontrions ? Je ne vous connais pas et ne veux pas vous connaître ! Est-ce clair ?

– Votre mari est l'un de mes amis.

Elle explosa :

– Grand bien vous fasse ! Et si vous le voyez, dites-lui que je suis encore vivante ! Salut !

Et elle claqua la porte au nez de sir Malcolm qui, lentement, redescendit l'escalier. Sa ruse avait réussi, mais cela ne lui avait rien apporté. Toutefois, il avait l'impression que Mme Page n'était pas seule, ce qui expliquait son désir de voir l'intrus partir au plus vite. Ce devait sans doute être un homme. À force de s'occuper de ses oiseaux, l'ornithologue délaissait peut-être un peu trop son épouse… Il suffisait de la voir une minute pour comprendre qu'elle devait avoir des besoins qu'un Edward Page ne pouvait rassasier. D'ailleurs, avec une beauté si provocante, il lui suffisait de claquer des doigts pour que n'importe quel homme accepte de combler ses désirs les plus impérieux. Sir Malcolm lui-même en était bouleversé et, bien qu'il s'en défendît, il ne pouvait s'empêcher de revoir les longues jambes d'Emma Page que sa robe rouge dévoilait à chaque élévation de la balançoire.

Mais pourquoi, cet après-midi-là, riait-elle ainsi ?

Chapitre 13

*E*n rentrant à son appartement de Soho, sir Malcolm Ivory trouva deux messages sur son répondeur téléphonique. Le premier était de Charles Crown. Il s'enquérait des nouvelles de l'enquête sur un ton larmoyant. Le second était de Wen Chang qui, de Falcon Manor, demandait à son maître de rappeler d'urgence le professeur Wood à sa clinique dont il lui donnait le numéro.

Après être passé par trois infirmières plus affairées les unes que les autres, sir Malcolm tomba enfin sur l'obstétricien.

– Allô, ici le professeur Wood !

– Ici Ivory ! Vous m'avez demandé de vous appeler…

– En effet, et c'est urgent. Vous avez lu la lettre… Une ordure ! Mais je ne peux vous parler ici. Voulez-vous que nous nous donnions rendez-vous dans une heure, chez moi ? Ma femme sera là. Je tiens à ce qu'elle soit présente.

Il était 17 heures. Sir Malcolm n'avait rendez-vous avec le superintendant qu'en début de soirée. Il accepta. Décidément, le corbeau savait où frapper : à l'endroit le plus sensible ! Toutefois il ne fallait pas être doté d'une grande imagination pour penser qu'un gynécologue avait toutes les occasions de séduire sa clientèle, encore que sir Malcolm soupçonnait que l'exercice répétitif d'un tel métier pouvait, au contraire, banaliser les rapports du praticien avec la féminité.

À 18 heures précises, l'aristocrate se présenta à la demeure de St. James'Park. Mrs Aggie Wood vint elle-même lui ouvrir. Elle portait son éternelle robe noire. Son chignon semblait tiré en arrière plus que d'ordinaire.

– Le monde est bien mauvais, sir Malcolm… Qui disait : « La vie n'est qu'une nuit passée dans une méchante auberge » ?

– Thérèse d'Avila, madame… C'est très poétique, mais est-ce si vrai ?

– Vous le voyez bien ! Ces lettres immondes…

Ils allèrent s'asseoir dans le salon en attendant l'arrivée du mari.

– Vous savez, lorsque l'on a réussi comme Bartholomew, il est hélas normal que certains vous jalousent. C'est dans la nature humaine. Le révérend Steppel – un homme admirable ! – dit toujours : « Le pécheur envie dans autrui ce qu'il a perdu d'innocence... » Vous voyez ce qu'il veut dire, n'est-ce pas ?

– Je remarque que la dernière lettre anonyme vous a bouleversés, le professeur et vous... fit sir Malcolm qui ne tenait pas à entrer dans une conversation à ses yeux oiseuse.

– Oh, bouleversés est un grand mot ! Évidemment, de savoir que cette lettre et son contenu méprisable ont été distribués à tous les membres du club... Mais enfin, Bartholomew est au-dessus de tout soupçon.

Elle s'appliquait à paraître calme et digne, trop raide dans ce fauteuil dans lequel on la sentait mal à l'aise. Sir Malcolm se rappelait les insinuations perfides de Thomas Scalon, mais il était exact, à bien observer, que sous la carapace convenue de son personnage, Mme Wood cachait une femme sensible, peut-être plus sensuelle qu'elle ne l'admettait elle-même.

– Évidemment, les gens du vulgaire, souvent mal intentionnés, ne peuvent comprendre qu'un homme de science ne peut s'abaisser aux trivialités du monde. C'est un fardeau que Dieu a sans doute placé sur les épaules de l'homme qu'Il a choisi. Et, par exemple, Bartholomew n'a d'autres soucis profonds que son métier, sa famille... Je veux dire : ses enfants et moi. Toutes ces patientes qui passent dans son cabinet sont pour lui des objets d'étude, rien que des objets d'étude, des corps qu'il convient de guérir, mais aussi des âmes… D'ailleurs, elles appartiennent toutes à la meilleure société. Vous seriez étonné des titres nobiliaires, même des noms princiers qui honorent la clientèle de mon mari.

– Je n'en doute pas, madame…

Elle reprenait comme en un songe, mais c'était une leçon qu'elle avait dû répéter avant l'arrivée de sir Malcolm :

– Une vocation ! Voilà : Bartholomew vit sa profession comme un prêtre sa vocation. Un sacerdoce ! Car tout ce qui touche à l'origine de la vie est sanctifié par le Seigneur. Notre corps est un temple pour l'Éternel… C'est cela : à travers Dieu, l'amour transfigure les corps !

À ce moment, le professeur fit son entrée, interrompant tout net le discours mystique de son épouse.

– Ah, sir Malcolm ! Excusez l'expression, mais quelle chienlit ! De la boue ! Une saleté putride qui colle à la peau !

Aggie Wood s'était levée brusquement et, les bras tendus, s'était précipitée vers son mari.

– Très cher ! Je vous en supplie ! Reprenez-vous ! Ce n'est pas aussi grave que vous le croyez !

– On piétine mon honneur, et vous voudriez, mon amie, que je garde mon calme ? Ah, sir

Malcolm, ce que j'avais pris tout d'abord pour une farce est, en vérité, une odieuse machination. Vous comprenez bien qu'à partir des membres des Scriveners la rumeur va se répandre... Les journaux vont s'en saisir ! Une enquête va être lancée contre moi !

Sir Malcolm tenta de le calmer :

– La police ne tient aucun compte des ragots. Ne croyez pas que les choses iront si loin ! Non, ce qu'il faut, c'est trouver l'odieux personnage qui se livre à ces envois et tenter de comprendre quel est son but réel.

– Son but réel ? Eh, vous me faites rire ! Il est limpide, son but réel ! Jeter la suspicion sur moi, faire croire que j'entretiens des relations coupables avec mes patientes. Et lorsque l'on sait que mes clientes sont toutes issues de la meilleure société, de l'aristocratie, qu'elles sont presque toutes reçues à Buckingham, ah, vous vous rendez compte du scandale ? On veut m'abattre. Voilà ce but réel que vous cherchez !

Wood se servit un verre sur un petit bar roulant et poursuivit :

– Quant à l'argent de ma femme... N'est-ce pas, mon amie ? Certes ma belle-famille était fortunée. Les Ashley de Birmingham. La finance... Mais ma propre famille ne m'a pas non plus laissé sans un copieux héritage ! Et puis j'ai travaillé, j'ai travaillé ferme ! C'est moi qui ai monté la clinique de Hampstead, puis celle des Framers. Mon étude sur la péridurale a fait le tour du monde, et c'est ça qui m'a lancé. Les femmes enceintes venaient de partout pour accoucher selon ma méthode. Et alors, oui, c'est vrai, j'ai gagné de l'argent, beaucoup d'argent. Mais je ne l'ai pas volé, que je sache !

Le professeur s'était assis lourdement sur le canapé et sa femme lui caressait doucement la main.

– Cher, reprenez-vous… Personne ne peut croire ce que raconte cette lettre infâme. Tout le monde sait que nous sommes un couple uni. N'est-ce pas, sir Malcolm ?

Wood se redressa :

– Cher ami, il faut que vous retrouviez celui qui a eu l'impudence d'écrire ces torchons ! Mais, avant tout, il faut que vous disiez à Crown de convoquer tous les membres du club pour que devant tous, assemblés, vous puissiez, vous, sir Malcolm, attester de mon honnêteté morale, de la propreté de ma conscience. On vous croira.

– Professeur, répondit l'aristocrate, vous me faites beaucoup d'honneur en pensant que ma seule parole peut apaiser les esprits, mais dans sa troisième lettre le corbeau a également soulevé un doute sur mes origines. D'autres que moi sont sans doute mieux placés pour attester de votre probité : Crown, lui-même…

– Crown ? C'est un vieux bonhomme confit dans sa suffisance ! D'ailleurs je me demande pour quelle raison il est l'archiviste général du club ! Vous seriez mieux à sa place !

– Et Thomas Scalon ? demanda malicieusement sir Malcolm.

Ce fut Aggie Wood qui, soudain, répondit :

– Scalon est un romancier répugnant, et l'homme ne vaut pas mieux !

– Que voulez-vous laisser entendre, chère madame…

Bartholomew s'interposa :

– Mon épouse a souffert de certaines indélicatesses de ce monsieur.

– Indélicatesses verbales ! s'empressa de préciser Mrs Wood. Oui, c'est un homme très incorrect ; un malotru. J'ai dû le remettre très sèchement à sa place, et cela à plusieurs reprises !

– Il ne m'étonnerait pas que ce soit lui, le corbeau ! s'écria Wood. Ce pisse-copie veut se venger de n'avoir pu séduire mon épouse ! Mais comment l'aurait-il pu ? Ah, j'ai bien apprécié lorsqu'Aggie l'a obligé à vendre des Bibles lors de la kermesse de février !

Et, brusquement, en laissant son regard errer à travers la baie qui ouvrait sur le parc, sir Malcolm revit Emma Page dans sa robe rouge, debout sur la balançoire, et qui riait. Voilà le petit détail qui, à ce moment-là, avait attiré son attention : un homme la poussait en riant lui aussi, et cet homme qui n'aurait pas dû se trouver là, cet homme n'était autre que le professeur Bartholomew Wood !

Chapitre 14

Douglas Forbes arriva à l'appartement de Wardour Street vers 8 heures. Sir Malcolm Ivory l'attendait devant un Glenkinchie des Lowlands. Il appréciait la légèreté de ce whisky et convia le superintendant à partager son goût.

– Ce n'est pas de refus ! J'ai eu une journée très pénible. Figurez-vous que j'ai dû interroger pendant deux heures le fameux Theodor Brodsky.

– Le prestidigitateur ?

– Lui-même. Une plainte a été déposée contre lui. Il aurait manipulé les cartes lors d'une partie de poker avec, entre autres, le comte de Sallisbury et, par cette tricherie, aurait volé une somme considérable à cet auguste personnage, estimée à un million de livres !

– Ouch ! Un million de livres ! Ce comte est bien imprudent !

– Quant à Brodsky, il soutient évidemment qu'en dehors de ses tours en public il ne se risque jamais à tricher. Bref, un casse-tête ! J'en sors épuisé.

Sir Malcolm devinait que le comte de Sallisbury avait dû secouer tous les potentats du Yard et que le brave superintendant se trouvait, une fois de plus, entre l'enclume et le marteau. Du moins cette affaire avait-elle le mérite de lui faire oublier pour un temps celle de la lettre anonyme qui l'accusait de forniquer avec sa stagiaire !

– Douglas, nous nous trouvons l'un et l'autre devant les ramifications d'une même affaire…

– Vous croyez que Brodsky…

– Non, bien sûr ! Je parle du corbeau. En fait, il vous a écrit non pour vous accuser de quoi que ce soit – ce n'est qu'un prétexte –, mais pour compliquer son jeu pervers et me lancer sur une fausse piste. Cela dit, je ne vois pas pour l'instant de quoi il s'agit au juste.

– J'ai réfléchi à cette question, fit Douglas Forbes après avoir goûté au Glenkinchie. Si, comme vous l'avez déjà soupçonné, le corbeau est un familier des Scriveners et un proche du Yard, il devrait être assez simple de le trouver parmi les membres de votre club. N'y aurait-il pas parmi eux un spécialiste de romans policiers, par exemple ?

– J'y ai pensé, en effet, et figurez-vous que le seul romancier que nous ayons accepté parmi nous est le fameux Thomas Scalon. Le hic est qu'il n'a jamais écrit de romans policiers et que je ne lui connais aucune attache avec le Yard. Encore faudra-t-il que nous approfondissions cette question. Pourriez-vous demander à la remplaçante de Findley de s'en occuper ?

– Dès demain, sir.

– Parfait. Prévenez-la, tout de même, que Scalon est un chaud lapin... Elle pourra d'ailleurs enquêter un peu du côté de la clinique où exerce le professeur Wood, connaître le sentiment des infirmières sur leur patron, nous rapporter les rumeurs qui circulent sûrement dans un tel gynécée.

– Un quoi ?

– Un harem, si vous préférez...

– Wood serait-il amateur de femmes ?

– C'est ce que je veux savoir. Il se peut que, comme dit le proverbe, la belle façade cache une bicoque moins reluisante... D'ailleurs, je m'étonne d'avoir fréquenté le club des Scriveners depuis tant d'années sans me poser les questions qui m'assaillent aujourd'hui. Il est vrai que mes relations avec les autres membres étaient purement mondaines, superficielles, alors qu'à présent je suis obligé d'aller fouiller à l'envers du décor. Notre métier d'enquêteur est à cet égard plutôt déprimant !

Le whisky bu, ils se rendirent dans un restaurant chinois que sir Malcolm Ivory connaissait bien car il se trouvait dans une rue adjacente à celle de son immeuble. Le Red Tiger Palace était tenu par M. Chou, vieux Pékinois qui avait quitté la Chine dès qu'il avait compris que l'existence sous le communisme ne vaudrait pas la peine d'être vécue. Il installa son ami Ivory à une table d'honneur, saluant le superintendant avec force courbettes car, dans un esprit chinois, il vaut toujours mieux s'attirer les bonnes grâces des autorités, fût-ce au prix d'une apparente servilité.

– Mon cher Douglas, nous aurons peut-être une nuit assez longue. Je vous propose donc de commander le grand canard laqué. C'est tout un repas avec potage, quatre cuissons différentes de volaille et un accompagnement de divers légumes, sans compter le riz.

– Comme il vous plaira, sir, mais Mme Forbes, mon épouse, dit toujours que trop manger obscurcit les idées.

– Après le repas, nous nous rendrons au club. À partir de dix heures, la porte est fermée pour la nuit. Single, le majordome indien, regagne la chambre qu'on lui a attribuée sous les combles. Nous pourrons alors entrer subrepticement et étudier en temps réel de quelle façon le corbeau s'y est pris pour opérer.

– Une reconstitution, en somme...

– Nous n'allumerons pas l'électricité et nous

nous dirigerons à l'aide de notre torche. Nous mettrons en marche la photocopieuse afin d'entendre le bruit qu'elle fait dans le silence nocturne. Ne réveillera-t-elle pas Single ?

– Je comprends. Tirerons-nous cinq cents copies ?

– Dans le bureau où se trouve cette machine, j'ai repéré des piles de papier blanc semblable à celui qui fut utilisé par le corbeau. Nous agirons comme il l'a fait tout en chronométrant la durée que nous prendrons pour effectuer ce travail. Tenez, Douglas, servez-vous. Il convient de faire honneur à la cuisine de M. Chou !

Un orchestre d'instruments chinois commença à exécuter un morceau que Forbes n'apprécia guère, habitué comme il l'était à la musique militaire et aux chansonnettes qu'affectionnait sa femme. Lorsque la chanteuse commença son récital, il s'écria :

– Mais c'est de la musique de chat !

– Ce morceau se nomme *Brise de printemps avant la pluie*. Traditionnellement, on chante ensuite *En écoutant la pluie sur le toit*, puis *Chant de l'oiseau-lyre dans la senteur des lys*.

– Comment connaissez-vous des choses pareilles ?

– Jadis, en Chine, j'avais une compagne qui se nommait Petite Lune. Elle était chanteuse à l'Opéra de Pékin. Une voix merveilleuse...

Et il parut disparaître dans un songe dont il ne sortit qu'à la fin du repas pour s'écrier :

– Pas de sentimentalisme, Douglas ! Prenons notre lampe et gagnons le club !

Le taxi les y mena un quart d'heure plus tard. C'était la première fois que Forbes allait pénétrer dans ce lieu qui, jusqu'à ce jour, lui semblait être une manière de saint des saints où il ne mettrait jamais les pieds. Pour lui, tout ce qui touchait à la vie mondaine de sir Malcolm Ivory appartenait à une sphère idéale que par sa modeste condition il avait à peine le droit d'imaginer. Et il allait entrer dans le temple des Scriveners, certes en fraude, en catimini, mais son cœur battait avec autant de force que s'il se fût agi d'entrer sournoisement, peut-être pas dans la chambre à coucher de Sa Majesté la reine, du moins dans son antichambre...

Sir Malcolm sortit de sa poche la clé de l'entrée du club et la fit tourner en silence. Lorsqu'il poussa la porte, elle grinça légèrement. Guidés par le faisceau de la torche électrique, ils avancèrent à travers le hall, traversèrent le grand salon, le bar, et se retrouvèrent devant la porte du petit bureau. Avec la seconde clé, sir Malcolm l'ouvrit et ils pénétrèrent dans les lieux. Là, ils s'arrêtèrent, écoutant. Aucun bruit ne venait troubler le silence, si ce n'est au loin le sourd brouhaha de la capitale.

Ayant refermé la porte sur leur passage, sir Malcolm fit tourner le commutateur. La lumière du lustre éclaira avec force l'ensemble des meubles et des objets rassemblés là. Sans perdre de temps, l'aristocrate alluma la photocopieuse qui, instantanément, se mit à ronronner doucement. Sur un rayonnage attendaient des piles de papier blanc encore enveloppées dans leurs paquets d'origine. Comme il était écrit sur les emballages, il s'agissait de liasses de cinq cents feuilles. Forbes ouvrit l'un de ces paquets, en sortit une cinquantaine de feuilles et en remplit le distributeur automatique tandis que sir Malcolm disposait sur la vitre de la machine un prospectus qui traînait sur le bureau, publicité qui allait tenir le rôle d'une lettre anonyme. Puis on actionna la Rank Xerox.

À chaque passage du photocopieur au-dessus de la vitre, l'engin faisait entendre un chuintement suivi d'un raclement plus fortement accentué lorsqu'il revenait à sa position initiale. Ce n'était certes pas un bruit très aigu, mais sir Malcolm sortit du bureau, referma la porte derrière lui pour s'assurer de l'intensité d'un tel bourdonnement. C'était suffisamment fort pour qu'on l'entendît du bar, mais pas des combles où reposait Single.

Pendant que le superintendant s'occupait de la reproduction, sir Malcolm tentait d'ouvrir le tiroir fermé à clé du bureau. Il avait apporté un petit passe-partout et il lui fallut plus d'un quart d'heure pour arriver à ses fins. Aussitôt ouvert, le tiroir livra la liste des membres du club. L'aristocrate demanda à Forbes de la photocopier, puis la remit en place. Or, à ce moment, une idée lui traversa l'esprit.

En mars et en avril, le club avait intronisé deux nouveaux membres : Michael Douglas, le relieur d'art, et Jack Cartridge, le bibliophile spécialisé dans les éditions maçonniques anglaises du XVIIIe siècle. Sur la liste que sir Malcolm avait en main étaient normalement inscrits les noms et les adresses des deux nouveaux affiliés. En revanche, ils ne pouvaient pas se trouver sur la liste que le corbeau avait subtilisée en février. De ce fait, les deux nouveaux venus n'avaient pas dû recevoir les lettres anonymes. Au contraire, le vieux Nelson décédé fin février avait disparu de la liste alors que son nom se trouvait forcément sur la précédente. Sans doute sa veuve avait-elle eu la surprise de recevoir les messages du triste oiseau.

– Une heure trente-cinq, annonça Forbes.

C'était le temps qu'avait pris la reproduction des cinq cents feuilles. À présent elles formaient une pile, moins importante que celle à laquelle sir Malcolm s'attendait. Elle pourrait rentrer aisément dans une petite mallette et c'était sans doute ainsi qu'avait procédé le corbeau. Oui, tout coïncidait et, somme toute, s'était réalisé avec facilité.

Ils arrêtèrent la Rank Xerox, abandonnèrent sur place les photocopies, éteignirent la lumière et, éclairés par la torche électrique, s'apprêtaient à gagner la sortie lorsqu'un bruit suspect les immobilisa. Ayant vivement éteint la torche, ils demeurèrent silencieux un long moment. Quelqu'un entrait dans le club. Il avançait à tâtons, se guidant au moyen d'un briquet, ce qui ne permettait pas d'identifier son visage. Il traversa ainsi le grand salon, vint lentement vers le bar, se saisit d'une bouteille, puis s'éloigna en titubant vers le fumoir.

À ce moment, sir Malcolm alluma de nouveau la torche, se précipita vers un commutateur, fit jaillir la lumière et courut en direction de la silhouette qui, surprise, s'était figée, la bouteille de whisky à la main. Puis il s'écria d'un ton faussement jovial :

– Je vous souhaite la bienvenue, Trafalgar Tudor !

Chapitre 15

Le poète demeura un instant éberlué, puis, reconnaissant sir Malcolm Ivory, s'écria d'une voix enrouée :

– Tiens, encore un fantôme ! « Salut à toi, gardien mirifique de l'ordre à la ceinture dorée ! »

– Yeats, répondit l'aristocrate en reconnaissant la citation.

– Eh, ce n'est pas mal, mon prince ! « On a des lettres, ce me semble ! »

– Chesterton.

– Bien ! Et celle-ci : « Enfants, préparez vos tridents ! » Ah, ne cherchez pas ! C'est de moi. *Sixième allégorie du Sphinx*, couronnée par ces messieurs de la Shakespearian Company ! Tous des idiots !

Il ricana en vacillant, puis brusquement il demanda :

– Et l'adipeux, là, qui c'est ?

– Superintendant Forbes de Scotland Yard ! lança l'officier comme s'il venait de recevoir une gifle.

– Oh, oh ! Voilà qui se gâte ! On sort les grosses légumes, à présent ! Mais, au fait, que cherchez-vous dans cet antre si noir, sir Malcolm ?

– Et vous, monsieur Tudor ?

– Moi ? Tout prosaïquement, je viens me coucher. Il faut bien que la sainte basilique des Scriveners serve à quelque chose !

– Vous avez bu ! fit Douglas Forbes de sa grosse voix.

– Bonne observation, répondit le poète. « Et je vais boire encore, et encore ! Jusqu'à ce que ma gorge soit remplie de la délicieuse amertume ! » De qui est-ce, Ivory ?

– De Aldington.

– Brave Aldington ! Au lieu d'épouser la petite Doolittle, il aurait mieux fait d'embrasser la Statue de la liberté ! Un peu rigide, peut-être, mais quel bras ! Ah, ah ! Savez-vous ce que j'ai fait, aujourd'hui ?

– Pas encore, monsieur Tudor...

– J'ai pissé trois poèmes, six litres de bière et un caillou gros comme une pomme ! Maintenant, dodo ! Le miracle s'est accompli.

Et sur ces mots, il se laissa choir d'un coup sur l'auguste canapé où jadis l'auteur de *David Copperfield* lisait à haute voix ses manuscrits à un cercle d'amis.

– Que faisons-nous ? souffla le superintendant.

– Nous allons tenter de l'interroger. Parfois, les vapeurs de l'alcool délient la langue...

– Ah, s'écria Tudor en se redressant, excellente idée ! M'interroger ! Il faut m'interroger ! L'oracle delphique va parler ! Très drôle, ça ! Mais d'abord...

Il s'assit sur le bord du canapé, sortit de sa poche un canif et avec des gestes maladroits entreprit d'ôter la capsule de papier qui entourait le bouchon de la bouteille de whisky subtilisée au bar. Puis il fouilla sous le siège, faillit tomber, et exhiba fièrement un tire-bouchon qu'il avait dû cacher à cet endroit.

– La clé du bonheur ! s'écria-t-il, et il déboucha la bouteille avec l'application outrancière que mettent les ivrognes pour réaliser leurs desseins les plus simples.

Lorsqu'il eut englouti une large rasade, il s'essuya les lèvres d'un revers de la main, puis il dit :

– Allez-y, messieurs ! Que le Yard me supplicie jusqu'à ce que je crache mon venin !

Sir Malcolm s'assit dans un des fauteuils qui faisaient face à la couche improvisée du poète. Forbes l'imita.

– Et donc, fit ce dernier, vous squattez cet endroit.

– Pardon ! Je récupère mon bien !

Sir Malcolm demanda :

– Y a-t-il longtemps que vous venez dormir ici ?

– Ça va, ça vient… Tel le hibou, je secoue ma poussière là où il me sied. Pas mal, non ?

– Pourquoi avez-vous quitté Ashley Street ?

– Pour trois raisons. La première, à cause des puces. La deuxième à cause d'une femme. La troisième à cause du fric. Sans doute à cause d'une quatrième, mais je ne m'en souviens plus.

– Une femme, monsieur Tudor ?

– Oh, ça ! C'est le secret du petit bonhomme en zinc ! Motus et bouche cousue. Vous pouvez toujours serrer le trébuchet un peu plus fort à m'en faire claquer la sous-ventrière… Mais non, faites excuse ! Le trébuchet, c'est ce qu'utilise ce salopard de Page pour attraper les oiseaux ! Car, messieurs les jurés, cet homme que vous voyez sur cet étalage, ce marqueur de vautours, eh bien, qu'on se le dise, c'est un étripeur d'oiseaux ! Du sang ! Du sang ! Les eaux de toute la Norvège ne pourraient suffire à laver tout ce sang répandu ! Page, de son prénom Edward, comme le roi de pique, est un assassin ! Un meurtrier ! Je l'ai vu, moi, je l'ai vu ! Cet homme est un fracasseur de moineaux !

– Allons, monsieur Tudor, que racontez-vous là ?

– La vérité toute nue dans son linceul… C'est comme Wood ! Herr Professor Bartholomew Wood ! Du sang, toujours du sang ! Je vais vous annoncer la bonne nouvelle ! Cette ordure avorte les guenons ! Toutes des duchesses, des comtesses, bref des marsupiaux d'un très bon genre... Sans oublier les infirmières, les filles de salles et la cuisinière ! Toutes y passent car, je vous le dis, c'est un thaumaturge excellent !

Le superintendant était effaré. Jamais il n'avait entendu un tel déluge de stupidités. N'y pouvant plus tenir, il s'écria :

– Ce type est fou !

– Ivre, seulement, rectifia sir Malcolm. Une ivresse portée par un souffle lyrique peu banal, certes, mais qu'il faut savoir décrypter.

Tudor but une nouvelle rasade au goulot de la bouteille, puis il reprit sur son ton prophétique :

– D'ailleurs, toutes ces paroissiennes sont des putains ! La dénommée Aggie Wood, par exemple, Nanie pour les intimes, savez-vous qui la saute ? Je vous le donne en mille ! Ah, vous voudriez bien le savoir, hein, tas de voyeurs ! Eh bien, dans ma toute-puissance, je vais vous le révéler : c'est l'archevêque de Canterbury !

Il partit d'un rire dément et reprit :

– Crown, le grand, le sublime archiviste de Babel, ministre du Commonwealth comme chacun sait, lui, oh, oh, vais-je le proclamer ? Il gère la déconfiture dans les plâtras ! Et pour se faire dix shillings il passe sa petite langue bien rose sur la gomme des enveloppes ; et hop ! envoyées à ces messieurs les scribouillards ! Et hop, dix shillings dans la théière ! On gagne sa vie comme on peut.

– Voulez-vous insinuer que Charles Crown a envoyé les lettres anonymes ? demanda sir Malcolm.

– Anonymes ? Des livres reliés en pleine peau de zèbre, oui ! À moins que ce soit avec la peau des fesses de ce Scalon de misère, le tombeur des âmes, le cocufieur des amazones ! Demandez le programme ! La délicieuse Page vous le vendra. Pauvre, pauvre Emma qui est toute confite dans sa douleur... Mais baste, il faudrait qu'il n'existe que des escaliers qui descendent. Et moi, Trafalgar Tudor, je vous le dis comme je le pense : il y a quelque chose de pourri dans le royaume du Danemark. Merci d'être venu. Et maintenant, *ite missa est*. Laissez-moi dormir.

Il laissa tomber la bouteille qui roula sous le canapé, puis il se renversa sur le côté et, tournant le dos à ses interlocuteurs, s'endormit aussitôt.

– Nous n'en tirerons plus rien, déclara sir Malcolm.

– Si nous avons pu tirer quelque chose de cette bouillie ! s'exclama Forbes.

– Peut-être plus que vous ne pensez...

– En tout cas, à jeun, il ferait un corbeau très acceptable.

– Il parle trop pour avoir le sens du secret. Il

est au courant des rumeurs qui courent dans le club, c'est évident. Mais une rumeur a-t-elle jamais colporté la vérité ? Venez, Douglas. Il se fait tard. Laissons notre poète à ses songes et tâchons de mettre à profit les réflexions de la nuit pour démêler ce qui en son verbiage pourrait nous apporter quelque lueur.

Ils éteignirent la lumière et sortirent du club comme d'une extravagante pièce de théâtre.

Chapitre 16

*E*ffectivement, lorsque sir Malcolm Ivory revenu à son appartement de Soho tenta de s'endormir, il n'y parvint pas. Les propos de Trafalgar Tudor trottaient dans sa tête, persuadé comme il l'était que certaines des allusions émises par l'ivrogne devaient reposer sur quelque fondement. D'ailleurs, à y bien réfléchir, le poète était-il aussi saoul qu'il voulait le faire croire ? Ne se donnait-il pas en spectacle par malice ?

Mais, par exemple, qu'avait-il voulu dire en évoquant Charles Crown ? « On gagne sa vie comme on peut. » Or Crown habitait une luxueuse demeure et, selon la rumeur, en possédait d'autres qu'il louait. Rien ne permettait de penser qu'il avait besoin de travailler pour assurer son existence. Il est vrai que si l'extérieur de la demeure de Mayfair avait de l'allure, l'intérieur faisait plutôt délabré. L'ascenseur, par exemple, appartenait à un modèle révolu. Crown ne l'avait reçu que dans une petite pièce qui sentait le moisi. Qu'en était-il du reste de l'immeuble ? Quant aux autres biens, existaient-ils vraiment ? Après tout, sir Malcolm ne s'était jamais posé la question.

Tudor avait évoqué des enveloppes envoyées par Crown, mais il avait précisé ensuite qu'elles n'étaient pas celles du corbeau. Avait-il voulu se rattraper ? Avait-il, inconsciemment ou non, orienté les enquêteurs vers une autre piste ? Ne s'agissait-il pas d'envois publicitaires pour la vente par correspondance de « livres en pleine peau » qui lui rapportait « dix shillings » par enveloppe ? Et soudain sir Malcolm se souvint que parmi les trop nombreux prospectus qu'il recevait par la poste à Falcon Manor, il en était un, luxueux, en couleurs, sur papier glacé, qui revenait régulièrement. C'était celui d'un certain club des Bibliolâtres qui proposait effectivement des ouvrages superbement reliés à des prix très élevés. Charles Crown utilisait-il les adresses des membres du club pour faire ces envois et ainsi gagner petitement sa vie ? Hypothèse... Il faudrait dès le lendemain demander une enquête au Yard sur les avoirs réels de l'archiviste général – et, pourquoi pas ? – sur ceux de Page, de Scalon, de Wood. Pour Tudor, ce n'était pas la peine...

Quant aux perfidies sur l'obstétricien, elles n'apportaient rien de bien nouveau. De telles allusions font partie des fantasmes qui entourent habituellement la profession de gynécologue. Il faudrait attendre le résultat de l'enquête qu'allait effectuer la stagiaire auprès des employés de la clinique où Bartholomew exerçait. Néanmoins, le fait que sir Malcolm l'ait surpris riant de concert et jouant à la balançoire avec la belle Emma Page pouvait, peut-être, apporter quelque crédit à la thèse du donjuanisme du professeur…

Tudor avait dit : « Pauvre Emma, toute confite dans sa douleur. » Quelle douleur ? Lorsque l'aristocrate l'avait vue lors de la kermesse, elle riait de tout son cœur. Lorsqu'il l'avait surprise dans son appartement, elle avait montré sa mauvaise humeur. Mais, en aucun moment, sir Malcolm n'avait ressenti en elle quelque signe de malaise. Il l'avait trouvée plutôt bien dans sa peau, et même conquérante. Jouait-elle la comédie du bonheur et de la femme forte ?

Et que signifiait la grave accusation que Tudor avait lancée contre son mari qualifié de « fracasseur », d'« étripeur d'oiseaux » ? Il avait osé employer les mots d'assassin, de meurtrier, de « marqueur des vautours » en place de son honorable titre de « marqueur des cygnes » ! Il y avait aussi ce mot « trébuchet », piège pour attraper les volatiles, alors que le savant était réputé pour les collectionner avec amour. C'était beaucoup ! Beaucoup trop ! Pour quelle raison Tudor en voulait-il tant à l'ornithologue ? Pouvait-on être jaloux d'un homme doux, original et distrait comme celui-là ? Edward Page vivait-il seulement dans ce monde, perdu comme il l'était dans ses rêves de rousserolles turdoïdes, de sittelles torchepot et de moineaux friquets ?

Étrange bonhomme tout de même ! Alors qu'il passait le plus clair de son temps à ses volières de Putney, il ne rentrait pas le soir dans son appartement de Battersea, mais allait coucher chez sa vieille mère comme s'il était célibataire, laissant seule son épouse, une magnifique femme de vingt ans plus jeune que lui ! Elle avait été sa secrétaire. Ils s'étaient mariés. Ils avaient acheté un trois-pièces. Et maintenant, c'était fini. Ils vivaient tous les deux comme s'ils étaient séparés.

Mon Dieu, cela arrive ! Il n'y a rien d'exceptionnel à ce qu'une femme plus jeune que son époux aille chercher ailleurs l'ardeur qu'elle ne trouve plus chez lui. La mère d'Edward avait dit à sir Malcolm : « Ce n'est pas une femme. C'est une femelle ! » Elle avait prévenu son fils : « Elle est chaude. Ça ne marchera pas avec ton caractère... » Sans doute y avait-il un homme dans l'appartement de Battersea lorsqu'à l'improviste l'aristocrate avait sonné... Était-ce Bartholomew Wood qui riait avec elle en jouant à la balançoire lors de la kermesse de février ? Thomas Scalon, qui l'avait comparée à un papier tue-mouches particulièrement collant et donc se targuait de bien la connaître ? Ou n'importe qui d'autre ? Londres ne manquait pas d'hommes susceptibles de tomber sous le charme d'une telle femme.

Quant à Aggie Wood… Maîtresse de l'archevêque de Canterbury ! C'était évidemment une plaisanterie de mauvais goût. Toutefois Scalon, de son côté, avec son instinct de romancier lubrique, avait cru sentir chez cette femme austère un penchant d'autant plus fort qu'il aurait été refoulé. Qu'avait-il dit ? « Contrairement à ce qu'elle voudrait nous faire croire, c'est sûrement une bonne affaire au lit. » Et il avait évoqué ses jambes avec enthousiasme. Tudor, lui, avait ajouté : « Toutes ces paroissiennes sont des putains. » Bah, ce n'étaient que de vulgaires ragots ! Pourquoi s'encombrer de telles médisances et trébucher sur les propos d'un obsédé sexuel et d'un ivrogne ?

Trébuchet ? Qui avait parlé de trébuchet ? Oui, c'était Tudor en évoquant Edward Page. Trébuchet… Vieux mot tombé en désuétude. Le poète l'avait utilisé d'abord dans un mauvais sens, comme s'il s'agissait d'un instrument de torture. Ah, c'était juste après l'évocation des trois raisons qui avaient poussé Tudor à quitter son trou d'Ashley Street : les puces, l'argent et une femme. « Quelle femme ? » avait demandé sir Malcolm. Et le mot « trébuchet » lié à Edward Page était aussitôt venu à l'esprit de Tudor. Serait-ce que la visiteuse qui cachait son visage en rendant visite au poète n'était autre qu'Emma Page ?

Non, il ne fallait pas s'enliser dans des fantasmes nocturnes et tirer des hypothèses de bribes aussi incertaines... Il était 3 h 20 lorsque sir Malcolm se leva pour boire un verre de lait. Sa mère prétendait que le lait guérissait l'insomnie. Afin de parachever la médication, il alla s'asseoir dans son rocking-chair favori et prit machinalement le journal qui se trouvait à sa droite, sur le guéridon où il posait d'ordinaire son verre de whisky. C'était un exemplaire du *Times* qui datait de quelques jours. Sir Malcolm Ivory n'appréciait pas les journaux et ne les lisait guère. Par désœuvrement, il le feuilleta, parcourant les grands titres. Et soudain, dans les pages littéraires, il tomba sur un articulet intitulé : « La double vie du romancier Thomas Scalon. »

Le journaliste écrivait : « Thomas Scalon dont le dernier roman *Le Péché d'Elen Scrawford* vient de paraître révèle qu'avant de se consacrer à son art, il avait fait une brève carrière dans la police, plus précisément au département des mœurs du Grand Londres. Sans doute est-ce cette première vocation qui explique l'intérêt que porte l'écrivain aux aspects glauques de la psychologie humaine à travers des personnages souvent dépravés. »

Pourquoi Scalon avait-il toujours caché à sir Malcolm cet aspect de son existence ? N'était-ce pas là le lien entre les lettres anonymes, les Scriveners et le Yard ? Le romancier n'aurait-il pas gardé des contacts avec d'anciens collègues qui ainsi auraient pu le renseigner sur la nomination de la jeune Frazer ? Et, certes, il était facile de comprendre par quel détour un homme habitué au mécanisme de la fiction pouvait s'être lancé dans une entreprise aussi romanesque, mais dans quel but ? D'ailleurs, de tous les Scriveners il était celui qui, visiblement, craignait le plus les retombées de ces lettres. À moins qu'il ne jouât la comédie de la peur afin de dissimuler ses véritables intentions...

Sir Malcolm replia le journal et le lança dans la corbeille à papier. L'action bénéfique du lait allait être détruite par cet article inopiné. Décidément la nuit s'annonçait mal. À cette heure-là, il ne pouvait téléphoner à personne. Il prit un somnifère, ce qui ne lui arrivait jamais, regagna son lit, éteignit la lumière. Le rodéo de ses pensées reprit aussitôt.

Qu'avait raconté Scalon au sujet de Charles Crown, lors de la kermesse ? Il avait traversé l'allée et était venu se chamailler avec Page. Ils en avaient fini aux mains. Ce n'était pas très étonnant de la part de Crown. Il avait sans doute suffi de titiller sa susceptibilité. Mais le doux rêveur ornithologue, était-il capable de rendre une gifle ? Quant au dénouement de l'affaire, il était encore plus étonnant et l'on conçoit que le romancier en ait été surpris : Crown revenant vers celui avec lequel il s'était disputé un peu plus tôt et lui donnant de l'argent. Ça n'avait guère de sens !

À moins que Thomas Scalon ait purement et simplement inventé cette histoire rocambolesque... Sir Malcolm se souvenait exactement des circonstances : il avait évoqué la fameuse kermesse et avait demandé au romancier si durant la fête un détail ne l'avait pas frappé. Scalon s'était montré soudain embarrassé, puis agressif. L'aristocrate allait quitter l'appartement, vexé par le ton excessif du personnage. L'auteur l'avait rappelé au dernier moment, s'était excusé et lui avait raconté cette querelle. L'avait-il inventée sur-le-champ pour masquer le véritable événement qui l'avait surpris ?

Peu à peu la robe rouge d'Emma Page se mêla à la dispute de Crown et de l'amateur d'oiseaux. Qu'avait dit également Trafalgar Tudor au moment où il avait été surpris nuitamment dans l'enceinte du club ? « Tiens ! Un autre fantôme ! » Un autre... Quel autre ? Avait-il vu le corbeau, la nuit où il était venu taper les lettres ? Connaissait-il son identité ? Et sur cette dernière question, sir Malcolm s'endormit enfin.

Chapitre 17

*L*e lendemain, ce fut le téléphone qui réveilla sir Malcolm. Il était 9 heures. C'était Wen Chang.

– Bonjour, sir ! Que le phénix vous garde !

– Merci, mon ami, mais j'ai un mal de tête peu banal...

Évidemment, une sixième lettre anonyme venait d'arriver à Falcon Manor. Cela devenait commun.

– Lisez-la-moi, demanda l'aristocrate d'un ton lassé.

– Voilà, sir : « Thomas Scalon est homosexuel. D'ailleurs tous les membres du cercle des Majors sont des obsédés et des voyeurs », et c'est signé : « le Vengeur. »

– Wen Chang, soyez gentil. Apportez-moi cette lettre à Soho ainsi que des médicaments contre les céphalées. Je suis rompu.

– Céphalées, sir ?

– Douleurs crâniennes !

– Bien, sir, Wen Chang apporter lettre et cachets contre phéssalées. Ce matin, sir.

Sir Malcolm raccrocha. Scalon homosexuel ? Peut-être bisexuel, après tout ! À nouveau le téléphone sonna.

– Ici Charles Crown !

La voix était bourrue.

– Ivory, que faites-vous donc ? Je croyais que vous alliez immédiatement régler cette affaire, et voilà que ces lettres odieuses continuent à nous être envoyées ! Je viens encore d'en recevoir une qui traite ce malheureux romancier de pédéraste et nous tous d'obsédés sexuels ! Ça ne peut pas durer !

Sir Malcolm, toujours en pyjama et dans l'état de fatigue où il se trouvait, n'avait pas l'intention de se faire rabrouer.

– Crown, ce n'est pas en perdant notre sang-froid que nous réglerons ce problème. Pour l'heure, tous les membres du Cercle sont suspects et vous comme les autres !

– Moi ? Vous n'y pensez pas !

– Alors, répondez-moi : qu'avez-vous à faire avec le club des Bibliolâtres ?

Un silence gêné s'instaura, puis l'archiviste général se décida :

– Écoutez, sir Malcolm... J'ai eu tort, c'est vrai, mais ça n'a rien à voir avec les lettres anonymes...

– Vous avez utilisé la liste secrète du club des Scriveners pour faire des envois postaux publicitaires. C'est bien ça ?

– Oui, je le reconnais, mais quel rapport…

– Lorsqu'on se permet semblable indélicatesse, tout devient possible ! Et d'ailleurs que s'est-il réellement passé l'après-midi de la kermesse de février dans le parc des Wood ?

– Mais rien de spécial, sir… Je ne vois pas !

– Vous vous êtes disputé avec Edward Page. Vous lui avez même donné une gifle !

– Moi, donner une gifle ? Ah, cher ami, vous vous égarez complètement… Interrogez Page à ce sujet et vous verrez que nous n'avons jamais eu de pareils rapports ! Certes, c'est un doux hurluberlu, mais de là à le frapper !

– Et vous n'avez pas échangé d'argent avec lui ce jour-là ?

– De l'argent ? Mais absolument pas, je vous le garantis ! Qui vous a raconté des histoires pareilles ? Page est souvent en retard de ses cotisations, mais lorsqu'il les règle c'est toujours par mandat postal.

Sir Malcolm n'insista pas. Le ton de Crown semblait sincère. Alors pourquoi Scalon avait-il inventé cette fable ? Pour cacher une autre histoire un peu trop révélatrice ?

À peine venait-il de raccrocher que Douglas Forbes l'appela. Il avait mal dormi, lui aussi, mais il apportait des nouvelles du laboratoire du Yard.

– C'est bien la machine à écrire et la photocopieuse du club qui ont servi au corbeau. Celui-ci portait des gants. On n'a trouvé que des empreintes de Crown et de Single, ce qui est normal. Bref, de ce côté-là, rien que nous ne sachions déjà. Quant aux enveloppes, elles viennent d'un fournisseur en gros de Manchester, la société Brown and Tuffer, qui les livre dans les grandes surfaces. Ce ne sont pas celles qu'utilise d'habitude le secrétariat de votre club.

– Et sur le papier, rien de particulier, je suppose, puisque nous savons d'où il vient…

– Format commercial coupé en deux dans le sens de la largeur avec des ciseaux. Pas de remarque.

– Les timbres ?

– Achetés dans un bureau de poste par feuilles de cent. De là il y a peut-être quelque chose à tirer. En effet, les entreprises n'achètent plus de timbres. Par abonnement, ils utilisent une machine à timbrer. Et donc en vérifiant auprès de toutes les postes de Londres, nous pourrions peut-être trouver à quel endroit le corbeau en a acquis une aussi grande quantité. Mais encore faudrait-il que le préposé de cette agence se souvienne de la personne, ce qui n'est pas évident. Souhaitez-vous que nous essayions quand même ?

– Pas pour l'instant. Je préfère que vous fassiez faire une enquête sur les comptes bancaires des membres du cercle des Majors, soit Scalon, Crown, Page et Wood.

– Bien, sir. Et sur l'ivrogne ?

– Tudor ? Mettez un agent à ses trousses. Qu'il le prenne en filature, voulez-vous ? Je voudrais bien savoir à quoi ce gaillard passe ses journées.

– Ah, encore autre chose. Le sergent Frazer, vous savez, la stagiaire... Elle s'occupe de la clinique du professeur Wood et nous fera un premier rapport dans l'après-midi.

Que faire d'autre ? Lorsqu'il eut raccroché, sir Malcolm Ivory se traîna jusqu'à la salle de bains et prit une douche froide. Il y avait longtemps qu'il ne s'était pas senti si fatigué. Il est vrai que cette affaire de lettres anonymes commençait à l'agacer sérieusement.

Le téléphone sonna de nouveau. En ronchonnant, l'aristocrate sortit ruisselant de la douche. C'était Wood, tout excité.

– Sir Malcolm, il faut que je vous voie immédiatement ! Cette dernière lettre est abominable ! Je suis un homme correct, vous savez...

Tout en s'épongeant avec la sortie de bain, Ivory pensait que l'auteur des lettres avait donné un bon coup de pied dans la fourmilière.

– Eh bien, je vous attends. J'ai moi aussi quelques questions à vous poser.

Et il confia son adresse de Wardour Street au

professeur qui lui promit de sauter à l'instant dans un taxi. Que lui arrivait-il, à lui aussi ?

Sir Malcolm aimait prendre son temps pour se préparer. Il mettait toujours plus d'une heure à sa toilette qui, à ses yeux, était un rite indispensable à son équilibre psychologique. Ainsi avait-il le temps de penser à ses orchidées, à ses livres, à l'humeur de Mrs Pickwick, au prochain tournoi d'échecs. Mais là il fallait se précipiter, ce dont il avait horreur. Et, pour une fois, il décida de remettre le même costume que la veille.

À peine avait-il mis sa chemise et enfilé son pantalon que le téléphone sonna une fois encore. L'envie lui prit de ne pas répondre, mais il le fallait. Cette fois, c'était une voix féminine.

– Sir Malcolm Ivory ? Je tiens votre numéro personnel de Charles Crown qui vient de me le confier. Veuillez me pardonner cette impolitesse, mais il fallait que je vous parle le plus vite possible.

– À qui ai-je l'honneur ?

– Oh, que je suis sotte ! Ici, Emma Page, l'épouse du marqueur des cygnes, votre collègue du club des Scriveners.

– Oui, je vois très bien qui vous êtes. Hier, nous nous sommes brièvement rencontrés à votre appartement de Battersea, si je ne me trompe…

Elle eut un rire étouffé, puis elle poursuivit :

– Ne parlons plus de ça ! Vous me demandiez un rendez-vous, n'est-ce pas ?

– Tout à fait, madame Page.

– Voulez-vous aujourd'hui, au restaurant *Chez Francis* ? J'adore la cuisine française. C'est au 157, Farringdon Road.

– Je vois. Vous avez bon goût.

– Naturellement, c'est moi qui invite ! À une heure ?

– J'y serai.

Tout s'emballait. La belle Emma souhaitait déjeuner avec lui ! Pour s'excuser du mauvais accueil de la veille ? Pour lui expliquer l'étrange couple qu'elle formait avec son mari ? Pour parler du dernier message du corbeau ? Était-ce dans son habitude d'inviter ainsi les hommes ? Il y avait dans ce comportement quelque chose d'assez choquant. Néanmoins, la perspective de déjeuner avec une aussi belle créature ne déplaisait pas à sir Malcolm. C'est pourquoi il décida tout de même de changer de costume et d'endosser celui que Harvey, le tailleur d'Anthony Burgess, lui avait livré la semaine précédente. Et, curieusement, lorsqu'il se fut ainsi habillé, il se sentit beaucoup mieux.

Ce fut alors qu'arriva Wen Chang. Il apportait la lettre et un sachet de poudre acétylsalicylique. Mais au moment où l'aristocrate se saisissait de l'enveloppe du corbeau, quelque chose de minuscule s'en échappa et roula sur le tapis. Le Chinois se baissa rapidement, ramassa ce qui venait de tomber et le tendit à sir Malcolm qui le reçut dans sa paume. C'était une graine. Une graine comme celles que l'on donne à manger aux oiseaux. Une graine de millet.

Sir Malcolm la déposa dans la boîte à pilules contre la toux qu'il n'omettait jamais de ranger dans la poche ventrale de son gilet.

Chapitre 18

Le professeur Bartholomew Wood s'assit lourdement et s'épongea le front avec la pochette rose qu'il arborait à son veston.

– Sir Malcolm, je suis déprimé… Ces lettres vulgaires auxquelles je ne prêtais d'abord aucune attention me sont devenues une véritable obsession. Pas tellement parce qu'elles me choquent et finissent par m'irriter, mais parce que, j'en suis certain, elles provoquent un réel malaise chez mon épouse.

– De quel ordre est ce malaise ?

– Vous savez, Aggie est une femme très religieuse, très à cheval sur les principes, bref très comme il faut. Elle a lu toutes ces saletés et elle commence à se demander si elles ne recèlent pas une part de vérité. Mettez-vous à sa place !

– Certes ! admit sir Malcolm. Mais dites-moi, professeur, que peut redouter Mme Wood puisque, d'après ce que je sais, vous formez un couple très uni ?

– Très uni, en effet ! Il n'empêche... Les insinuations sur ma profession... Et, ce matin, cette lettre ignoble qui nous traite tous d'obsédés et de voyeurs ! On va finir par prendre le club des Scriveners pour un lupanar ! Vous connaissez le dicton : il n'y a pas de fumée sans feu.

– Et, justement, dans votre cas, y aurait-il une fumée ? Je veux dire quelque détail qui pourrait alimenter un soupçon chez votre épouse ?

– Ah, sir Malcolm, vous connaissez bien les hommes ! Il y a toujours ce que vous appelez un détail... Mais, je peux vous le jurer, ce n'est vraiment qu'un détail ! Une lubie ! Et même une bêtise...

– Emma Page, n'est-ce pas ?

Le professeur sursauta :

– Comment savez-vous ça ?

– Oh, je ne sais pas ! J'observe. Le jour de la dernière kermesse, vous faisiez de la balançoire avec elle. Vous riiez tous les deux d'une façon qui ne trompe pas. Oui, vous étiez heureux ensemble, ne fût-ce qu'un instant, car Mme Wood n'était pas loin. Elle pouvait vous voir.

– Oui. J'ai été très imprudent, je le reconnais. Mais, en fait, j'étais et je suis encore comme un collégien. Cette femme est envoûtante, n'est-ce pas ? Et je vous le répète, rien ne s'est passé. Rien du tout.

– Professeur, mon intention n'est pas de sonder votre intimité !

– Non, non, mais il faut que vous sachiez. Ma femme se trompe lorsqu'elle croit que j'ai eu une aventure avec Mme Page. Peut-être, oui, peut-être l'aurais-je souhaité, mais sous ses dehors aguichants, c'est une personne très sérieuse et finalement très fidèle à son mari.

Il rougit et avoua :

– Elle m'a remis gentiment à ma place.

– Eh bien, c'est parfait ! s'écria sir Malcolm. Mais qu'est-ce que cela vient faire avec les lettres anonymes ?

– Je vous l'ai dit : la confiance d'Aggie est ébranlée. Pour moi c'est une chose terrible, je vous prie de le croire... Je ne voudrais pas qu'après tant d'années de mariage sans nuage, nous nous disputions à cause d'un simple fantasme !

Sir Malcolm décida de jouer franc jeu face à cet homme qui avait tout pour être heureux et que les calomnies d'un sale oiseau risquaient de faire sombrer sinon dans le malheur, du moins dans des difficultés inutiles.

– Cher ami, commença-t-il, puisque vous avez eu la franchise de vous ouvrir à moi, je me permettrai de vous expliquer ce qu'un enquêteur peut analyser d'un couple comme celui que vous formez avec Mme Wood. Psychologiquement, vous êtes quasiment à l'opposé l'un de l'autre. Ne dites pas non ! Vous avez décrit votre femme comme une personne pieuse, conformiste, très attachée aux valeurs traditionnelles. Vous, vous êtes un homme d'aujourd'hui, ouvert, généreux, prêt, par exemple, à mettre en œuvre de nouvelles techniques pour améliorer l'obstétrique, soulager les patientes. Qu'a pensé Mme Wood de l'emploi de la péridurale que vous préconisiez, cette piqûre qui allait à l'encontre de la malédiction divine : « Vous enfanterez dans la douleur » ? Oui, qu'en a-t-elle pensé ? Et sur un autre plan, lequel de vous deux a choisi d'acheter votre demeure ? Vous, n'est-ce pas ? Jamais Mme Wood ne l'aurait fait. Elle l'a certainement trouvée d'une richesse trop ostentatoire !

– C'est vrai, reconnut Wood. Aggie est différente de moi, mais les opposés s'attirent, vous le savez bien !

– Jusqu'au jour où ils se déchirent…

– Que voulez-vous dire, sir Malcolm ? Aggie et moi nous entendons fort bien !

– En apparence, mon ami.

Wood se leva d'un bond :

– Que voulez-vous insinuer, sir Malcolm ?

– L'enquêteur ne fait qu'observer et que réfléchir. Je vous prie de m'excuser si vous pensez que je suis allé trop loin, mais je voulais que vous touchiez du doigt ce qu'un homme impartial peut penser de votre couple. Vous étiez en train de vous accuser de le mettre en péril par ce que vous nommiez un fantasme. En vérité, votre épouse peut fort bien le détruire également et par un autre fantasme.

– Lequel ?

– Si, comme vous le disiez, le club des Scriveners s'est changé en lupanar dans l'esprit de quelqu'un, ce quelqu'un ne serait-il pas précisément une personne pieuse, très attachée aux convenances et aux principes ?

Le professeur explosa :

– Ah, je comprends ! Vous êtes en train d'accuser mon épouse d'avoir écrit ces lettres !

– Pardon ! J'avance une hypothèse. Une hypothèse parmi d'autres ! Mais cessez de vous torturer en vous chargeant d'une responsabilité factice qui, en vérité, n'est qu'un leurre de votre esprit – et de celui de votre épouse. Pour l'heure, je n'accuse personne. J'analyse les possibilités. Et j'ai peur.

– Peur ?

– Oui, je crains que cette avalanche de lettres ne nous prépare à quelque événement regrettable : un scandale, un meurtre...

– Un meurtre ? Sir Malcolm ! Mais de qui ?

– Si je le savais... Il faut que nous soyons tous sur nos gardes. Tout peut arriver, et de n'importe où.

Wood quitta l'appartement de Wardour Street, tout songeur. Aussitôt après son départ, l'aristocrate appela les deux derniers membres entrés dans le club, Michael Douglas, le relieur d'art, et Jack Cartridge, le bibliophile. Aucun des deux n'avait reçu de lettres anonymes, ce qui confirmait une fois encore l'hypothèse de sir Malcolm. Le corbeau utilisait la liste d'adresses des membres du club rédigée avant février. En un sens, cette confirmation innocentait les Majors qui ne pouvaient ignorer ces deux candidatures puisqu'ils devaient donner leur aval et assister aux réceptions.

À 13 heures, sir Malcolm arriva au restaurant *Chez Francis*. L'endroit tentait de recréer, surtout en soirée, une ambiance parisienne et plus particulièrement montmartroise. Les serveurs étaient vêtus « à la bouchère », c'est-à-dire avec de grands tabliers blancs qui leur descendaient jusqu'aux genoux, ce qui, paraît-il, faisait couleur locale, bien qu'aucun d'entre eux ne parlât français. La spécialité du chef était le steak au poivre arrosé d'un vin de Cahors des plus capiteux. Emma Page était déjà attablée et sirotait un verre d'anis en dégustant de petites rondelles de saucisson.

Elle avait choisi une robe à fleurs multicolores et sur ses longs cheveux noirs elle avait posé bien droit un petit chapeau plat en paille orné d'un ruban rouge, comme en portent les jeunes filles lors d'un pique-nique à la campagne. Discrètement maquillé, son fin visage ovale était éclairé par des yeux intenses et des lèvres pulpeuses et souriantes. On ne lui eût jamais donné ses quarante ans.

À l'arrivée de sir Malcolm elle se leva à demi. Il lui baisa la main et s'assit en face d'elle comme en un rêve. Certes, il était fasciné par sa beauté, sa jeunesse, mais surtout il était, une fois de plus, stupéfait qu'une telle femme fût l'épouse d'Edward Page. Le contraste était encore plus énorme qu'entre Wood et son épouse ! Qu'avaient donc les gens à s'appareiller de la sorte ?

Mrs Page fut la première à prendre la parole.

– Sir, je tenais d'abord à m'excuser. Je vous ai bien mal reçu lorsque, hier, vous avez sonné à ma porte, mais avouez que votre ruse était indigne !

– Je l'admets. Les enquêteurs ont des mœurs méprisables.

Ils rirent tous deux, puis elle reprit :

– Si je me suis permis de vous proposer ce déjeuner, c'est afin de vous parler de ces lettres que j'ai reçues.

– Que vous avez reçues ? fit sir Malcolm plutôt surpris.

– Oui, je veux dire... Edward étant un perpétuel absent, c'est moi qui ouvre le courrier. Et donc il y a ces lettres. Je m'en inquiète.

– Ne les a-t-il pas encore vues ?

– J'en ai parlé à M. Scalon, le romancier. Vous le connaissez, n'est-ce pas ? C'est un de mes amis.

– Nous faisons partie du même club, comme votre mari. Et que vous a dit M. Scalon ?

– Qu'Edward avait été tenu au courant de ces lettres lors d'une réunion de ce club.

– Il n'a donc pas eu en main les lettres que vous avez reçues ? insista Ivory.

Elle eut un sourire amer.

– Vous devez comprendre que notre union est devenue très distendue. Comment vous expliquerai-je une situation aussi bizarre ? Nous nous voyons de moins en moins et souvent pas du tout.

– Mais pourquoi ?

Elle joua avec son verre en le faisant tourner dans sa main.

– Ce que je vais vous répondre est évidemment surprenant, incompréhensible. Pourquoi ? Parce qu'il préfère les oiseaux et sa mère, voilà tout !

– Allons, s'écria sir Malcolm, soyons sérieux ! Il y a certainement une autre raison !

Le regard d'Emma Page s'assombrit soudain, puis elle détourna la tête et, changeant d'expression, se mit à rire ; mais c'était un rire forcé, un rire de comédienne :

– Mais la vie est belle, n'est-ce pas ? Il ne faut pas en perdre une miette ! Commandons le repas, voulez-vous ?

Chapitre 19

Le patron de l'établissement, un Français d'une quarantaine d'années, vint prendre la commande. On eût dit un mannequin de défilé de mode. Visiblement il connaissait bien sa cliente et souhaitait bien la soigner.

– Francis, que nous conseillez-vous aujourd'hui ?

Après quelques tergiversations amusées, Mrs Page commanda les hors-d'œuvre à la française et un tournedos avec des pommes de terre frites. Malgré sa ligne impeccable, elle avait bon appétit. Sir Malcolm Ivory se contenta d'une salade de tomates et d'une côte d'agneau grillée. Ce fut lui qui, à la demande d'Emma, choisit le vin. Il adorait le chablis.

– Je vois que vous êtes connaisseur. J'aime les hommes qui ont le sens de la cuisine. Edward, mon cher mari, est complètement dépourvu de ce don-là. Il en a d'autres…

– La science des oiseaux et des appeaux, en particulier.

Elle fixa son interlocuteur avec cette intensité qu'elle mettait dans son regard lorsqu'elle voulait souligner la gravité de ses dires.

– Pas seulement ! Vous me croirez ou non, j'aime sa manière d'être, son originalité, son âge aussi. Je n'ai jamais eu de père, vous comprenez... Mais les oiseaux, non, pour moi c'est fini depuis longtemps.

– Pourquoi donc ?

– Parce qu'ils m'ont volé mon mari, tout simplement ! Eux et d'autres encore...

– Sa mère ?

– Il est persuadé que sans lui elle serait perdue, ce qui est faux, totalement faux. Cette femme est une espèce de monstre dans son genre. Le chantage au sentiment, vous connaissez ?

– Oui, je crois comprendre... Toutefois, ce n'est pas une raison pour ne pas vivre avec vous, que je sache !

– C'est vrai. Il n'y a pas que les oiseaux. Il n'y a pas que sa mère. Il y a son égoïsme ! Il préfère passer des heures à son club plutôt qu'auprès de moi.

– Écoutez, Emma, fit sir Malcolm en un élan chaleureux, je veux vraiment comprendre ce qui se passe. Vous êtes ravissante. Vous plaisez aux hommes. Vous semblez aimer Edward tel qu'il est. Alors que se passe-t-il ?

Elle ferma les yeux. Sur ses longs cils perla une larme qu'elle essuya du revers de sa main.

– Oh, c'est peut-être aussi de ma faute, après tout ! Il m'en a voulu d'avoir eu une petite liaison – oh pas grand-chose – avec un type dont je ne me souviens même plus du nom. À cette époque, j'étais plus écervelée qu'aujourd'hui, sans doute. Et, de toute façon, je n'étais pas un bel oiseau que l'on enferme dans une cage. De ce jour, Edward a décidé de me battre froid. Il n'a presque plus mis les pieds dans notre appartement. Il est retourné vivre chez sa mère, ce dont cette vieille taupe a été ravie. Elle m'a toujours pris pour une fille légère.

– Ne vous a-t-il jamais pardonné ? demanda l'aristocrate, sincèrement navré.

– Non. Edward est rancunier et il est têtu. Comment le faire revenir sur cette décision stupide ? Et, naturellement, j'ai dû m'organiser. Une femme seule, pas trop moche...

Elle rit de ce rire artificiel qui n'était qu'un masque pour ne pas fondre en larmes.

– Ah, vous, les hommes, vous ne savez pas ce que c'est ! Vous croyez qu'une belle fille a tous les atouts dans son jeu alors que c'est plutôt un handicap, croyez-moi ! Les prétendants n'ont jamais manqué ! Au lieu d'arranger les choses, ça n'a fait qu'exaspérer l'attitude d'Edward. Bah, nous aurions mieux fait de divorcer, mais je l'aimais, je l'aime toujours, ce grand imbécile ! Il aurait suffi qu'il admette que je ne pouvais pas toujours rester là, comme une vestale !

Sir Malcolm commençait à mieux comprendre l'étrange situation dans laquelle se trouvaient ces deux êtres : elle si charnelle, si vivante et lui, le marqueur de cygnes, perdu dans ses rêves d'oiseaux, de pureté, d'intransigeance...

Elle attaqua son tournedos avec brio. On eût dit qu'elle n'avait pas mangé depuis trois jours.

– Et vous connaissez bien Thomas Scalon ?

Elle répondit sans ambages :

– C'est mon ami.

Le romancier, de son ton vulgaire, avait déclaré à sir Malcolm qu'Emma Page était collante comme du papier tue-mouches !

– Aimez-vous ses romans ? demanda l'aristocrate avec prudence.

– Je ne lis plus rien. Au début de notre mariage, Edward me lisait à haute voix des contes de fées, des romans d'aventure. Il adore ça.

– Vous aviez été sa secrétaire, n'est-ce pas ?

– Je l'ai aidé à écrire ses livres. À cette époque-là, j'aimais encore les oiseaux.

– Et, actuellement, travaillez-vous ?

– Par-ci, par-là. Je me débrouille...

Pour une femme qui se débrouille elle portait de belles toilettes qui devaient coûter assez cher !

Sans doute se faisait-elle entretenir, et c'était là son principal travail. Suivant son idée, sir Malcolm demanda :

– Le professeur Wood est-il aussi votre ami ?

Elle s'amusa franchement de cette question.

– Wood ? Oh, il aurait bien voulu ! Avec la femme qu'il a ! Une mocheté confite en dévotion comme un cornichon dans son vinaigre ! Mais non. Vraiment ce n'est pas mon genre.

– Vous préférez Scalon.

– Oui, c'est vrai. De beaucoup je préfère Scalon. Cela dit, rien n'est si facile… Les hommes sont ce qu'ils sont. Pas toujours drôles…

Elle se concentra sur la viande de son assiette en prenant les frites une à une avec ses doigts. Sir Malcolm laissa le silence s'instaurer afin de l'étudier plus à son aise. Elle devait être d'origine populaire, mais s'était affinée au contact du milieu dans lequel Page l'avait introduit dans les premiers temps de leur mariage. Elle avait pris goût à la vie mondaine et, à présent, se faisait entretenir pour pouvoir continuer à se vêtir à son goût et à fréquenter de bons restaurants comme *Chez Francis*. Elle était un subtil mélange de rouerie et de naïveté.

C'est elle qui, la première, reprit la parole :

– Et vous, sir, quelle est au juste votre profession ?

Il sourit.

– Ne savez-vous pas que je réalise une enquête pour le compte des Scriveners ?

– Est-ce une profession ?

– C'est un jeu, peut-être, plus subtil et plus dangereux que beaucoup d'autres. J'aime le jeu d'échecs, les alliances de fleurs rares, les livres abscons. Les énigmes excitent mes petites méninges. Bref, je suis le portrait même de l'intellectuel désœuvré qui cherche des compensations à la trop grande facilité de sa vie.

– Seriez-vous fortuné, sir Malcolm ?

Il s'abstint de répondre, mais remarqua que, dès ce moment, elle s'enhardissait à lui faire un regain de charme. Elle avait achevé son plat et, mutine, ajouta :

– J'aime les hommes élégants aux cheveux blancs. Et puis je vous crois très intelligent.

– Laissons cela, fit l'aristocrate plutôt gêné par cette déclaration. Et revenons-en à ces lettres anonymes, voulez-vous ?

– À votre aise, dit-elle en appelant un serveur, après quoi elle commanda une tarte aux framboises.

– Madame Page, n'avez-vous rien remarqué de très curieux dans ces messages ?

– J'avoue que non.

– Tous les membres du cercle des Majors ont été vilipendés. Ça d'abord été Charles Crown traité de gâteux et de buveur. Ça ensuite été mon tour, puis celui de Trafalgar Tudor…

Elle l'interrompit.

– Le poète ?

– En effet. Le connaissez-vous ?

Elle fit la moue.

– Oh, comme ça... Sans plus...

Sir Malcolm reprit :

– Dans la cinquième lettre ç'a été le tour de Bartholomew Wood. Dans la sixième, reçue ce matin, ç'a enfin été Thomas Scalon. Bref, tous les membres du Cercle ont été stigmatisés les uns après les autres. Tous, sauf un ! Et c'est Edward Page !

– Bah, fit-elle, son tour va peut-être venir...

Sir Malcolm sortit la boîte à pilules du gousset de son gilet et, l'ouvrant, en fit voir la graine qui se trouvait à l'intérieur.

– Qu'est-ce que c'est ? demanda Emma d'une voix de petite fille intéressée.

– Un grain de millet. Savez-vous à qui l'on donne ce genre de graine ?

– Non.

– Ne voyez-vous vraiment pas ?

Elle commença à comprendre la signification de ce minuscule indice et, d'un air soupçonneux, interrogea :

– Sir, où avez-vous trouvé ça ?

– Dans la dernière enveloppe envoyée par le corbeau.

Elle recula brusquement sur sa chaise. Son visage s'était figé. Elle balbutia :

– Mais c'est ce qu'on donne à manger aux oiseaux !

– Et donc…

– Quoi, donc ? Vous croyez pouvoir en déduire que le corbeau est Edward, n'est-ce pas ? Une graine serait tombée au moment où il mettait la lettre dans l'enveloppe ; c'est à cela que vous pensez ? La belle preuve que voilà !

Elle passait graduellement de l'étonnement à une colère froide. Elle poursuivit :

– Qu'il soit un homme grincheux, voire aigri parce que l'on ne comprend pas toujours la valeur de ses travaux, je veux bien l'admettre. Vous comprenez, à force de se vouloir solitaire, il s'est mis à raisonner tout de travers. Mais de là à envoyer ces lettres ! Vous y croyez vraiment ?

– Madame Page, mon rôle n'est pas de croire mais de constater.

Elle haussa les épaules et en un geste rageur ôta son chapeau avant de le jeter sur une chaise voisine.

– Sir, reprit-elle, je vous ai dit que malgré la distance que mon mari a voulu mettre entre nous, je continue à l'aimer. Mais veuillez ne pas croire que cet amour soit aveugle. Je sais vraiment qui est Edward : rancunier, vindicatif, obstiné, oui, je le répète volontiers. Néanmoins c'est un être pur, incapable d'en vouloir à quiconque.

– Je vous félicite de défendre ainsi votre époux, fit sir Malcolm. Lorsque vous vous battez, vous êtes un vrai soldat !

Le mot détendit l'atmosphère. D'ailleurs la tarte aux framboises venait d'être servie. Mrs Page, armée d'une fourchette à dessert, commença aussitôt à l'attaquer.

Chapitre 20

Sir Malcolm Ivory demanda au taxi de s'arrêter devant le pont qui relie Putney à Fulham. C'était là que, jadis, lors des vacances de mars, le jeune aristocrate venait participer au départ de la fameuse Boat Race, cette course d'aviron qui oppose, chaque année, huit rameurs de l'université de Cambridge à huit autres de l'université d'Oxford. Malcolm faisait partie de la première équipe. Il l'avait emporté par trois fois, ce qui faisait partie de ses souvenirs les plus glorieux.

Putney étale ses maisons victoriennes et édouardiennes le long de la rive droite de la Tamise. Faubourg charmant qui fut jadis le point de départ des partisans d'Olivier Cromwell, ce village n'aspire plus qu'à la paix. Des enfants y jouent dans les rues tandis que des personnes âgées flânent, profitant des premiers jours de printemps.

Le déjeuner achevé, sir Malcolm avait quitté Emma Page avec des sentiments mêlés. Sans doute avait-elle, à plusieurs reprises, tenu à manifester son attachement à son mari. Néanmoins, dans le même temps, elle avait volontiers reconnu que son caractère était loin d'être facile. C'était à se demander pourquoi elle aimait encore cet homme qui volontairement la dédaignait et qu'elle dépeignait comme un personnage têtu et rancunier. Sir Malcolm avait beau savoir que l'être humain est naturellement compliqué, il était toujours étonné de la façon paradoxale dont la plupart d'entre eux organisaient leur vie.

Les volières d'Edward Page se trouvaient à l'arrière d'une auberge à l'ancienne, au centre d'un de ces merveilleux espaces de gazon qui font l'orgueil des jardiniers anglais. Le tenancier des lieux accueillit sir Malcolm derrière son bar. C'était un gros homme au visage violacé et aux cheveux rares qui s'exprimait avec un accent cockney.

– Une bière, sir ?

– Merci, mon ami. Je cherche M. Edward Page.

– Page ? Ah, il est sûrement avec ses oiseaux ! Foi de Goggle – c'est mon nom –, dans sa vie antérieure, ce type-là devait être une chouette ou un hibou !

– Pourquoi pas un aigle ? fit sir Malcolm.

L'aubergiste se mit à rire.

– On voit que vous ne le connaissez pas ! Pour le concevoir sa mère a dû s'accoupler à un balai ! Allez, prenez une pinte !

S'apercevant que l'homme voulait bavarder, sir Malcolm accepta. Après tout, il n'était pas mauvais d'apprendre ce qu'un voisin de l'ornithologue pensait de lui, même s'il était probable que son jugement n'apportât pas grand-chose.

– Voyez-vous, sir, je connais Page depuis plus de vingt ans. Il venait de s'installer là avec ses cages et ses satanés oiseaux qui, les veilles d'orage, font un tel boucan qu'on ne s'entend même plus respirer…

– Sans doute venait-il de se marier, proposa sir Malcolm.

– Se marier ? ricana Goggle. Ce gars-là ? Vous n'y pensez pas ! Il m'a même dit qu'il vivait chez sa vieille mère… Tenez, goûtez-moi cette bitter ! Je la fais venir de chez Guinea.

L'aristocrate n'appréciait guère le pub Guinea blotti au cœur de Mayfair. Forbes l'y avait entraîné lors d'une enquête. C'était un de ces lieux bondés et enfumés où des gens de toutes sortes dégustaient des salades et des sandwichs à la viande grillée en jouant aux fléchettes et en pariant sur les chevaux aussi bien que sur les prochains prix de beauté. Néanmoins il fallait bien reconnaître que la bière y était excellente.

– Page, c'est un miteux ! Voilà ce que je pense. Ah, je sais bien que la reine l'a nommé marqueur des cygnes, mais c'est qu'elle ne l'avait jamais vu en chair et en os ! Avec sa tunique de cérémonie, il fait bonne figure, mais dès qu'il l'enlève, vous avez vu sa dégaine ?

– C'est un original, reconnut sir Malcolm, mais c'est un poète doublé d'un savant.

– Ça, peut-être ! On n'est pas marqueur des cygnes pour rien, je suppose ! Sa Majesté la reine sait sûrement ce qu'elle fait, hein ? Comme le dit souvent Brixton, « ce Page, c'est un cas ! »

– Qui est Brixton ?

– C'est un brave type que j'emploie pour la propreté du bar et la vaisselle, et qui s'occupe à mi-temps du nettoyage des cages à oiseaux. Avec Edward, on se le partage, si vous voyez ce que je veux dire...

Sir Malcolm goûta à la bière et changea brusquement de sujet.

– M. Page reçoit-il des visites ?

– Jamais, à part les commissionnaires.

– Quels commissionnaires ?

– Les livreurs d'oiseaux ! Parfois, deux par semaine. Vous savez, la collection de Page, c'est pas de la tarte, ça on peut le dire. Tout son fric y passe, à cet homme-là. Moi, je préfère parier sur les lévriers. Au moins, des fois, ça rapporte !

– Donc, pas de visite ; même pas de temps en temps. Cherchez bien.

– Oh, c'est tout cherché ! fit Goggle. Dans son

genre, Edward est comme un moine. Il n'y a que ses oiseaux !

Sir Malcolm, ne souhaitant pas perdre davantage de temps, laissa le reste de sa bière, régla son dû et, passant à travers la prairie, gagna un bâtiment assez lépreux, sorte de grange qui devait abriter les volières si l'on en jugeait par les divers cris d'oiseaux que l'on entendait.

Or, lorsque l'aristocrate pénétra dans les lieux, il fut stupéfait par leur ampleur. Au centre de l'immense salle, la cage principale était ronde, dominée par une haute coupole qui tutoyait le plafond. À l'intérieur, une centaine d'oiseaux de toutes espèces voletaient à leur aise ou se posaient sur les branches de trois arbres plantés là à leur intention. Tout autour, une allée bordée de cages plus petites permettait de circuler parmi les races de volatiles les plus diverses, du bouvreuil à l'aigle royal, du moineau au faucon pèlerin.

Tout ce monde criaillait, caquetait, pépiait, roucoulait, stridulait, croassait, trompetait, sifflait, cacabait à qui mieux mieux, bref faisait un concert qu'une oreille inexperte comme celle de sir Malcolm ne pouvait supporter qu'à grand-peine.

Un personnage long et maigre aux cheveux roux et emmêlés nettoyait une de ces cages. Ce devait être le dénommé Brixton. Il fallut parler fort pour se faire entendre.

– M. Page, s'il vous plaît !

– L'Edward ? Dans le bureau !

Et, de sa grosse main calleuse, il désigna un baraquement en planches qui se trouvait à l'autre extrémité du bâtiment. L'aristocrate s'y rendit. Tous ces oiseaux lui donnaient le tournis. Pourtant il avait déjà visité des volières dans les parcs animaliers, au zoo de Regent's Park, par exemple, et jamais il n'avait ressenti une telle oppression.

Page écrivait à son bureau situé au centre de la pièce. Une grande bibliothèque tenait toute la surface de trois murs jusqu'au plafond. Le quatrième mur, dans lequel s'ouvrait la porte d'entrée, était réservé à une présentation de volatiles empaillés. Ainsi l'ornithologue était-il comme cerné par les objets de sa science.

Dès qu'il reconnut sir Malcolm, Page se leva précipitamment.

– Ah, mon ami ! Mon grand ami ! Vous ici ! Quel honneur ! Vraiment quel honneur !

Il vint en boitillant vers l'aristocrate et lui prit la main avec ferveur.

– Jamais, non jamais je n'aurais pensé... Ah, quelle joie de vous accueillir ! Tenez, prenez cette chaise, je vous prie. Et veuillez m'excuser si mon installation est indigne, vraiment indigne de vous recevoir... Vous comptez tellement pour moi, sir Malcolm !

Il tremblait d'émotion. L'aristocrate avait déjà remarqué combien Page l'admirait lorsqu'ils se rencontraient au club, mais jamais il ne l'avait perçu à ce point. Assez gêné par cette abondance, il dit :

– Cher ami, je voulais bien simplement vous saluer et admirer votre collection. Je me reproche de ne l'avoir pas fait plus tôt.

– Oh, mais je comprends très bien. Vous êtes tellement occupé ! Je suis avec beaucoup d'attention toutes vos enquêtes. De telles réussites ! Tenez, regardez.

Il sortit d'un tiroir de son bureau un imposant dossier. Il l'ouvrit. C'étaient des coupures de journaux qui relataient diverses affaires dont s'était occupé sir Malcolm.

– Voyez, cher grand ami ! Depuis toujours je collectionne ces témoignages de vos activités au sein de Scotland Yard. Vous l'ignoriez, n'est-ce pas ? Il faut d'ailleurs que je vous avoue que si j'ai brigué l'honneur d'être admis parmi les Scriveners, il y a plus de vingt ans, c'était surtout pour me rapprocher de vous. Et vous voilà chez moi, dans ma volière ! C'est le plus beau jour de ma vie !

Sir Malcolm était interdit. Il s'écria :

– Vous me faites trop de compliments ! Je n'ai jamais fait que mon devoir…

Page reprit la balle au bond :

– Le devoir ! Voilà ce qui manque tellement à notre époque ! Les gens veulent des droits ! Des droits sans devoir ! Et le Royaume-Uni roule dans l'abîme. Alors que vous, sir Malcolm Ivory, vous êtes l'image même de l'aristocratie britannique qui, seule, pourra sauver la Grande-Bretagne du désastre. Mais je parle, je parle. L'émotion est si grande... Venez, je vais vous montrer mes chers petits amis, car les oiseaux, eux, ne trompent pas. Ils sont ce qu'ils semblent être, ni plus ni moins. Vivre en leur compagnie, c'est baigner dans la vérité.

– Oui, fit sir Malcolm, la vérité... C'est elle, en effet, qu'il me faut toujours chercher à travers les mensonges et les faux-semblants. Ces lettres anonymes, par exemple...

– Ah, ne m'en parlez pas ! Quelle ignominie, n'est-ce pas ? Oser salir un club aussi distingué que le nôtre ! Regardez. Ce sont des *Sylviidae* dont vous connaissez les différentes sortes de fauvettes ou les pouillots. Et, là, il s'agit de la *Locustella naevia*, et ici, d'une *Hippolais icterina*. Cette dernière va bientôt couver. Quant à cette cage... Ce sont les *Fringillidae*. Les chardonnerets, les verdiers, la linette, le serin ! Pauvre serin que des abrutis aveuglent pour améliorer leur chant ! Ah, j'ai déposé une plainte contre ces bourreaux ! Le monde est si mauvais...

Ainsi firent-ils lentement le tour des volières, mais sir Malcolm n'écoutait plus. Le cri des oiseaux perçait ses oreilles, et sans cesse revenait à son esprit cette graine de millet qui était tombée de l'enveloppe bleue, ce minuscule indice qui pouvait bien venir de ce lieu que Page prétendait voué à la vérité !

Chapitre 21

Lorsqu'ils revinrent dans le bureau, sir Malcolm Ivory félicita Edward Page pour sa remarquable collection, puis il ajouta :

– La passion est souvent le moteur de toute une vie. Mais pourquoi vous intéressez-vous aussi aux enquêtes que j'ai menées ?

– À cause de cette recherche obstinée de la justice qui vous a toujours animé comme elle m'anime moi-même. Oui, je peux le dire, vous avez toujours été pour moi un modèle et, certes, j'aurais été bien incapable d'agir comme vous le faites ! Je suis trop timide, trop enfermé en moi-même, sans doute...

– Eh bien, cher ami, proposa sir Malcolm, au nom de la justice et de la vérité, je vais vous demander de coopérer avec moi dans cette affaire de lettres anonymes. Cela vous plaît-il ?

Page parut effrayé par cette proposition.

– Me plaire ? Naturellement ! Pour moi, l'affaire est claire. L'auteur de ces lettres est le serviteur indien du club, ce Single que Crown a eu tort d'embaucher. Mais, cela dit, comment pourrais-je vous aider ?

– Pour commencer, répondre à quelques questions. Et d'abord, en m'autorisant de l'amitié que vous voulez bien me porter, j'aimerais oser vous demander pourquoi vous vivez ainsi, en solitaire.

– En solitaire ? Oh, c'est mon tempérament, il me semble... D'ailleurs mes oiseaux m'empêchent d'être vraiment seul. Et puis, grâce à Dieu, j'ai toujours ma mère. Elle m'a appris que vous étiez venu au magasin et que vous lui aviez parlé.

– C'est une personne fort aimable. Elle porte ses quatre-vingts ans avec beaucoup de courage.

– Et de jeunesse !

– Elle m'a parlé de votre épouse...

Le visage de l'ornithologue changea brusquement. On eût dit qu'en se crispant ses traits devenaient hideux.

– N'évoquez pas cette femme devant moi !

– Mais il le faut bien, mon ami... Je poursuis une enquête, n'est-ce pas ?

– Sir Malcolm, je regrette que vous me parliez de quelqu'un qui pour moi représente tout ce que je méprise le plus au monde ! Cette femme est une immondice. Voilà tout ce que j'ai à vous dire à ce sujet.

– Je l'ai rencontrée.

– Vous, mon grand ami, vous avez rencontré cette fille ? Mon Dieu… Elle salit tout ce qu'elle touche !

– Vous savez, Edward, dans mon travail d'enquêteur, il me faut rencontrer toutes sortes de gens si je veux atteindre à la vérité.

– Oui, je comprends, admit Page. Mais cette créature ne peut qu'apporter le mensonge ! Sous son aspect physique effronté, elle n'est que putréfaction de l'âme ! Il faut que vous sachiez que je ne la fréquente plus depuis plusieurs années.

– N'avez-vous pas songé à divorcer ?

– Non ! Je ne voulais pas lui faire ce cadeau ! Je lui ai laissé notre appartement. Qu'elle se débrouille avec ses charmes puisqu'elle n'est qu'une putain !

– Lors de notre entrevue, expliqua sir Malcolm, il me semblait qu'elle vous gardait toute son estime, voire même un certain amour !

– Ah, vous voulez rire ! s'écria Page. Elle ment comme elle respire ! Il n'y avait pas six mois que nous étions mariés, et elle me trompait déjà ! Vous savez, sir Malcolm, je veux bien admettre que je n'ai jamais été un foudre de guerre, mais elle… Comment vous dire ? C'est un esprit trompeur dans un corps vorace ! Ah, j'espère qu'elle ne vous a pas égaré sur mon compte. Je la crois capable de tout, voyez-vous, y compris de répandre mille médisances afin de vous amener à penser que je suis l'auteur de ces lettres infâmes ! Car, au fond, je vais vous dire... Elle est née de rien. Je l'ai tirée d'un taudis. Je lui ai fait connaître la vie. À cette époque j'aimais sortir, voir du monde. Et elle a profité de ma naïveté, de ma générosité. Elle m'a berné ! Oh, c'est une maligne, une rusée ! Mais, au fond, elle est demeurée une âme médiocre, superficielle et jalouse ! Oui, jalouse ! Même de vous, sir Malcolm !

– De moi ?

– Elle savait combien je vous admirais, déjà à l'époque. Un jour, elle a tenté de détruire le dossier de presse que j'avais mis des années à constituer sur vous. Lorsque je suis rentré chez les Scriveners, elle a commencé à cracher sur chacun des membres. Mais, après tout, pourquoi ne serait-ce pas elle, le corbeau ? Elle est aussi sournoise qu'elle est attirante. Un vrai reptile !

– Savez-vous quels sont les membres du club que votre femme connaît ?

– Non. J'ignore ce qu'elle fait, qui elle rencontre. Cette personne ne m'intéresse plus. Comprenez-le, sir Malcolm : pour moi, désormais, elle existe moins que Brixton, mon valet !

– Pourtant vous la détestez toujours !

– Elle m'a terriblement blessé. Me tromper, moi qui l'aimais, moi qui l'avais tirée de la misère, moi qui lui avais tout appris des oiseaux, moi qui l'avais fait entrer dans la meilleure société !

– Cher Edward, ce sont malheureusement des situations assez banales…

– Pas pour moi !

– Les êtres humains sont ingrats…

– Je voulais qu'Emma soit aussi belle en son âme qu'elle l'est en son corps. Voyez-vous, j'ignorais qu'en elle avait été déposée une graine mauvaise par le démon. Secrètement cette graine a germé. Je n'y prêtais pas attention. Et d'un coup j'ai ouvert les yeux. Horreur ! La pure jeune fille s'était changée en bête immonde. C'est terrible ce que le sexe peut engendrer !

Sir Malcolm sortit la boîte à pilules de son gilet, l'ouvrit et en montra le contenu à Edward Page.

– En parlant de graine… fit-il. À votre avis, qu'est-ce que celle-là ?

– Une graine de millet, répondit le sexagénaire aussitôt. J'en donne à la plupart de mes oiseaux.

– Et savez-vous où je l'ai trouvée ?

– Chez un grainetier, je suppose…

– Non, Edward. En ouvrant la dernière enveloppe que m'a envoyée le corbeau, cette graine s'en est échappée.

Il n'eut pas l'air de comprendre en quoi cette

information pouvait le concerner directement. Il dit simplement :

– C'est curieux.

Puis il enchaîna avec le plus parfait naturel :

– Certains oiseaux, comme les rapaces, m'obligent à me fournir en viande. C'est pourquoi j'ai traité avec le boucher de Putney. Tous les matins, Brixton va chercher les déchets qu'il lui donne, satisfait de s'en débarrasser. Les falconiformes et les accipitriformes, qui sont diurnes, les strigiformes, qui sont nocturnes, se satisfont généralement de viande fraîche, encore qu'ils préfèrent les proies vivantes. Une exception, cependant : les vautours ! Il leur faut de la viande faisandée. Tout comme Emma !

– L'alimentation de tant d'oiseaux requiert une organisation assez complexe ! fit remarquer sir Malcolm.

– J'y passe mes journées et parfois mes nuits. Vous savez, il n'y a guère plus que mes volières et ma mère qui comptent pour moi. Certes, j'apprécie les Scriveners. Ils sont tout ce qui reste de mon ancienne vie mondaine.

– Et les cygnes de Sa Majesté !

– C'est le grand honneur de ma vie. Une compensation remarquable aux misères que me fit cette femme. Les cygnes, symbole de pureté. Ils font partie de la famille des anatidés qui est une sous-famille des ansérinés. J'en possède quelques spécimens de toute beauté. Voulez-vous les voir ?

– Je les ai aperçus tout à l'heure. Mais, dites-moi, cher Edward, avez-vous déjà pensé au fait que tous ces oiseaux seraient plus heureux en liberté ?

Les traits du visage de Page se durcirent. Ses yeux fulminèrent.

– La liberté ! Qu'est-ce que signifie le mot liberté ! Le monde est une jachère où règne la prédation la plus cruelle et la plus sauvage ! Les petits oiseaux sont dévorés par les moyens et les moyens par les plus gros. Est-ce cela la liberté ? La liberté, c'est la mort. Mais ici, tout est en ordre. Chacun à sa place. Les petits sont protégés. Les plus gros n'ont plus à assassiner leur proie. La paix règne, la concorde ! Dehors, c'est l'enfer, sir Malcolm ! Ici, c'est le Paradis. Voyez comme tous ces merveilleux animaux chantent leur bonheur !

Avait-il tenté d'enfermer sa jeune épouse afin de la protéger du monde ? À vouloir trop la préserver, il l'avait étouffée. Le besoin de liberté de la jeune femme s'était exacerbé. La vestale était devenue une femme facile et, plus tard, une prostituée.

Qu'avait-elle dit lors du déjeuner ? « De toute façon, je ne suis pas un bel oiseau que l'on peut enfermer dans une cage. » Oui, tout concordait. Mais comprendre la désunion du couple Page apportait-il quoi que ce soit à l'enquête ? L'un des deux avait-il un quelconque besoin ou un quelconque intérêt à envoyer ces lettres ? Sir Malcolm commençait bien à échafauder quelques hypothèses, mais elles se heurtaient toutes à la même question lancinante : quel était le but recherché par le corbeau ?

Déstabiliser les Scriveners ? Et là, c'était Mrs Aggie Wood qui, suspectant le club, avait probablement le plus de raisons de vouloir le détruire. Peut-être Trafalgar Tudor, l'anarchiste, pouvait-il prendre un malin plaisir à semer la suspicion et à jeter le discrédit sur des collègues que, foncièrement, il n'aimait pas. Néanmoins, on le voyait mal se donnant la peine de rédiger ces lettres, de les photocopier, de taper les adresses, et cela en tant d'exemplaires ! Non. Ce n'était pas du tout son genre. Envoyer une bombe, peut-être, mais se livrer à un pareil travail, sûrement pas ! Quant aux autres membres du cercle des Majors, Crown, Wood et Scalon, ils n'avaient pas plus que Page le désir de troubler la bonne ordonnance d'un club qu'ils affectionnaient. À moins de penser que Scalon, afin de se livrer à une expérience romanesque, ait voulu jeter une pierre dans la mare aux canards afin d'analyser la réaction des uns et des autres, mais cette hypothèse paraissait bien invraisemblable.

Restait la jalousie. Le professeur Wood n'avait pas caché qu'il était tombé amoureux éperdu,

« comme un collégien », de la belle Emma. Or il n'ignorait sans doute pas que Mrs Page l'avait repoussé pour Thomas Scalon. Et Thomas Scalon était peut-être celui qui redoutait le plus que sa réputation fût entachée auprès du grand public, son fonds de commerce. Le professeur Wood n'aurait-il pas envoyé des lettres menaçant tous les membres du Cercle afin de cacher le fait qu'il ne s'attaquait qu'à un seul ?

Mais ce raisonnement était valable pour tous. Pourquoi Wood plutôt que Crown, Scalon ou Page ? D'ailleurs, pour égarer les soupçons, n'eût-il pas suffi que n'importe qui plaçât la graine de millet dans l'enveloppe afin de faire accuser l'ornithologue ? Comme avait dit ce dernier, on trouve ce genre de graminées chez n'importe quel grainetier !

– Edward, vous souvenez-vous de la kermesse de février chez le professeur Wood ?

– C'était dans son parc. Il a plu presque tout le temps.

– Cet après-midi-là, j'ai cru apercevoir une sorte de dispute entre l'archiviste général et vous-même…

Page fouilla dans sa mémoire et s'écria :

– Ah, je vois ce que vous voulez dire ! Mais ce n'était pas avec Crown. C'est avec Scalon que je me suis querellé. Nous en sommes presque venus aux mains.

– Et pour quelle raison ?
– Tout à fait personnelle !
– Mais encore ? insista l'aristocrate.
– Sir Malcolm, vous me fâcheriez grandement si vous persistiez dans cette voie !

Lorsque sir Malcolm Ivory quitta Putney, il commença à se demander si, depuis le début, il n'avait pas pris cette affaire à l'envers.

Chapitre 22

Lorsque sir Malcolm Ivory arriva à son appartement de Soho, il fut accueilli par un Wen Chang très préoccupé.

– Maître Malcolm, certain monsieur fort en colère a téléphoné au moins six fois ! Il a peur. Il veut que vous l'appeliez.

– Quel est son nom ?

– Thomas Scatton ou Squetton !

– Je vois.

Et il fit le numéro de Thomas Scalon.

– Allô, ici Ivory !

– Ah, enfin ! Avez-vous lu la dernière lettre du corbeau ?

La voix était affolée.

– Je n'étais pas chez moi. Et calmez-vous, que diable ! Que dit-elle ?

– Me calmer ? Vous en avez de bonnes ! Écoutez plutôt : « Thomas Scalon est homosexuel et, qui plus est, pédophile. Toute la presse sera au courant demain. »

– Bigre ! Quelle menace !

– Mais je ne vais pas me laisser faire ! Ce salopard veut détruire ma carrière et si je n'agis pas immédiatement il va mettre son projet à exécution, alerter les journaux. Le scandale ! J'en étais sûr depuis le début ! Mais je sais qui est derrière ces lettres.

– Qui donc ?

– Edward Page ! Ah, ça fait déjà un moment que je le suspectais ! Sous ses dehors de savant obsolète et de bienfaiteur des oiseaux, ce type est infect ! Et j'ai une preuve ! Une preuve indubitable !

– Laquelle ?

– Dans une des enveloppes du corbeau, il y avait des graines. Des graines qu'on donne aux oiseaux ! Ça ne peut venir que de lui !

– Et quel serait son mobile ?

– Emma ! Je veux dire son épouse. Vous savez, ce gars-là est un fou, un malade ! Vous connaissez Emma, une fille formidable. Non seulement il la délaisse, l'abandonne sans un shilling, mais il voudrait qu'elle lui demeure fidèle ! Une femme comme ça, vous imaginez ?

– Et alors ? demanda sir Ivory de plus en plus intéressé.

– Alors ? Moi, j'ai pris Emma en main. Elle le

mérite, cette petite ! Et je ne sais comment Page a appris notre liaison, mais sa jalousie l'étouffe. Il veut me nuire par des ragots. Le voilà votre mobile !

– Vous m'aviez dit que Mme Page était collante, comme du papier tue-mouches, ce qui n'était d'ailleurs pas très aimable !

– Ah, sir Malcolm, les femmes sont toutes comme ça. Dès qu'elles vous aiment, elles deviennent exclusives, possessives. Vous voyez le genre… Et moi, croyez-le bien, même si Emma est ma protégée actuelle, je ne vois pas pourquoi je n'irais pas butiner quelques autres fleurs. Mais les hommes, les enfants, non, vraiment, ça n'est pas mon truc ! Page va me le payer !

– Écoutez, Scalon, je crois que vous faites une erreur…

La voix s'enfla de nouveau :

– Une erreur ? Non, je suis sûr de mon fait ! Et le temps presse !

– Que comptez-vous faire ?

– Ça me regarde ! Il ne sera pas dit qu'après avoir détruit la vie de son épouse, il aura saccagé la mienne ! Je voulais que vous le sachiez !

Et il raccrocha. Aussitôt sir Malcolm appela Douglas Forbes au New Scotland Yard. Il était absent. On lui passa le sergent Frazer, la stagiaire.

– Ici, sir Malcolm Ivory.

– Mes respects, sir !

– Le superintendant étant absent, pouvez-vous me faire votre rapport concernant le professeur Bartholomew Wood ?

– À vos ordres, sir. Je me suis donc rendue à la clinique spécialisée dans l'obstétrique où il exerce. Elle lui appartient. Les médecins auxiliaires et les infirmières sont formels : le professeur Wood est un praticien de premier ordre. Sa vie professionnelle est exemplaire. Quant à sa vie privée, personne n'a jamais rien remarqué de particulier. Il est marié et a eu deux fils aujourd'hui adultes. Le couple paraît d'autant plus uni que Mme Wood, de son prénom Aggie, est une personne que chacun s'accorde à définir comme une sainte. Rapport terminé, sir.

– Merci, sergent. Avez-vous déjà en main le rapport de l'inspecteur qui devait prendre le nommé Trafalgar Tudor en filature ?

– Il vient de rentrer, sir. Je vous le passe.

Une grosse voix remplaça celle de la stagiaire.

– Ici, inspecteur Weissenberg.

– Vous avez été chargé de filer monsieur Tudor, n'est-ce pas ?

– Mon collègue Lindsey a pris ma relève, sir.

– Veuillez me lire votre rapport, je vous prie.

– À vos ordres, sir. « Prise de contact à 9 heures du matin devant le club des Scriveners où il semble avoir passé la nuit. De là, longue marche à pied à travers Londres, sans aucun arrêt, jusqu'au 240

Battersea Park Road, immeuble où il est entré à 10 h 15. Il en est ressorti à 11 h 25. Nouvelle marche vers Mayfair avec arrêt à trois pubs : le Goose and Firkin, le Jeremy Bentham et le Dog and Duck. À chaque fois, il a bu deux pintes de bière, mais n'a rencontré personne. Arrivée à Mayfair à 13 h 20. Entrée au 27 King Street, situé entre St. James'Square et Pall Mall. Nom sur la plaque : Crown. Sortie à 1 h 35, nouvelle marche, beaucoup plus courte, vers Green Park avec un arrêt au pub Pearly King où il s'est abondamment restauré avant de prendre le métro pour Victoria Station. À 14 heures, après s'être renseigné auprès du préposé au guichet de l'horaire des trains pour l'Écosse, il a traversé Eccleston Bridge pour se rendre à l'Air Terminal, et a de nouveau pris des renseignements avant d'acheter un billet pour Glasgow. C'est à ce moment que mon collègue m'a relevé.

– Merci, inspecteur. Dites au superintendant Forbes de m'appeler à mon appartement de Soho dès qu'il rentrera.

– À vos ordres, sir.

Ainsi, Trafalgar Tudor s'était rendu à l'appartement des Page, à Battersea, dès 10 heures. Il était demeuré avec Emma plus d'une heure – Emma qui, lors du déjeuner avec sir Malcolm, avait fait semblant de peu le connaître... De là, toujours à pied malgré la longueur du trajet, il s'était rendu chez Charles Crown et n'y était resté qu'un quart d'heure. Mais à sa sortie, tout change ! Il va se restaurer copieusement, puis il prend le métro, se renseigne sur les trains et les avions pour l'Écosse, achète un billet pour Glasgow !

Certes, il n'y avait rien d'étrange dans le fait que le poète désire se rendre en Écosse, mais il était intéressant de noter qu'après une matinée austère de marche à pied, Tudor s'était mis à dévorer, à prendre le métro et à acheter un billet d'avion après être resté un quart d'heure chez l'archiviste général ! Crown lui avait-il donné ou avancé de l'argent ? Serait-ce que durant l'heure qu'il avait passée auprès d'Emma Page, elle n'avait fait que lui confier de quoi boire six bières dans trois pubs ? Or, à ce moment, elle avait de l'argent puisque deux heures plus tard elle allait inviter sir Malcolm au restaurant !

D'ailleurs, qu'avait-il bien pu se passer durant l'heure où le poète et Mrs Page se trouvaient réunis ? Faisaient-ils l'amour ? Ce n'était pourtant pas lui qu'elle aimait. À moins d'être la nymphomane que son mari décrivait, Emma ne se serait pas offerte à un miteux comme Tudor sans qu'il y ait une autre raison. Et même une raison impérieuse. L'anarchiste était-il aussi un maître chanteur ? Mrs Page était-elle le fantôme qu'il avait surpris, la nuit de la fabrication des lettres, dans l'enceinte du club ? L'obligeait-il à se donner à lui comme prix de son silence ? Était-elle la femme voilée aux souliers élégants que la gardienne d'Ashley Street voyait rejoindre en catimini le studio infect du poète ?

Et si Tudor était un maître chanteur, n'avait-il pas barre également sur Charles Crown ? N'avait-il pas repéré que l'archiviste général monnayait la liste des membres du club, ce qui était une faute susceptible de le faire radier des Scriveners ? Or, si le poète était capable de tels chantages, n'était-il pas probable qu'il fût aussi l'auteur des lettres ?

En attendant, une autre priorité s'imposait. Qu'allait faire Thomas Scalon contre Edward Page qu'il croyait coupable ? Se rendre aux volières de Putney ? Apostropher l'ornithologue ? Le menacer au cas où il mettrait son plan supposé à exécution ? Mais soudain, alors que sir Malcolm allait endosser sa robe de chambre, il suspendit son geste. Il revint vivement vers le téléphone, appela de nouveau Scotland Yard, demanda l'inspecteur Weissenberg qui avait filé Tudor, lui posa la question qui brusquement s'était imposée à lui et, comme la réponse confirmait exactement ce dont il s'était souvenu, il raccrocha, appela un taxi et dit à Wen Chang :

– Lorsque le superintendant appellera, dites-lui que non seulement je sais qui est le corbeau mais quel est son but ! Qu'il me rejoigne au plus vite à Putney, aux volières d'Edward Page ! Que n'ai-je compris plus tôt ! Le malheureux est en danger de mort !

Et pour lui-même il ajouta :

« La solution se cachait dans le nom de Lindsey » !

Chapitre 23

*D*eux voitures de la police étaient déjà arrivées, tous gyrophares allumés, lorsque le taxi déposa sir Malcolm Ivory devant l'auberge de Putney. Vivement, l'aristocrate traversa la pelouse. Un agent voulut lui interdire l'entrée du bâtiment aux volières. Heureusement, Goggle, le propriétaire du bar, le reconnut et le présenta au planton comme un ami de Page. Non sans réticence on le laissa pénétrer.

L'ornithologue gisait à terre au milieu du bureau. Un médecin était penché sur le malheureux. L'inspecteur local, un certain Peter Lely, connaissait sir Malcolm. Selon son habitude, il mâchonnait un cigare éteint dans sa bouche énorme.

– Tiens, Scotland Yard est déjà là ? s'étonna-t-il.

– Je suis sur cette enquête et, voyez, je n'ai pas su arrêter le bras du meurtrier ! répondit l'aristocrate, fort dépité.

– Lors de la bagarre, cet homme est tombé à la renverse et son crâne a dû heurter l'angle du bureau. Il a été tué sur le coup, supposa le médecin en se relevant. Il devait être environ cinq heures.

Le visage livide du vieil original, couronné par ses cheveux filasse, ressemblait à celui d'un clown douloureux. Son regard fixait à jamais les oiseaux empaillés qui montaient la garde autour de la porte.

– Vous n'aurez pas à chercher loin votre coupable, dit encore Lely. Son crime accompli, il s'est laissé enfermer sans résistance dans la grande volière par le domestique, un nommé Brixton. Il est comme abasourdi par son acte et se tient prostré.

Ainsi, pensa sir Malcolm, Thomas Scalon avait mis aussitôt à exécution la menace qu'il avait exprimée au téléphone. Il était venu s'expliquer avec Page dont il était persuadé qu'il était le corbeau. Ils s'étaient disputés. Malencontreusement, le savant s'était tué en tombant.

L'aristocrate quitta le bureau et se rendit auprès de la volière centrale gardée par deux policemen. Des oiseaux voletaient autour du romancier qui, assis sur une souche d'arbre, tenait sa tête dans ses mains. Sir Malcolm s'approcha et, à travers le grillage, l'interpella. L'homme, reconnaissant la voix, se leva d'un bond et vint se dresser contre la cage. À la stupéfaction d'Ivory, ce n'était pas Thomas Scalon ! Celui que Brixton avait arrêté et enfermé n'était autre que le professeur Wood !

– Sir Malcolm, il faut que vous me sortiez de là !

– Bartholomew, si je m'attendais...

L'obstétricien s'écria :

– C'est une méprise ! Lorsque je suis arrivé, Page était déjà mort ! Il faut me croire ! D'ailleurs j'étais en train d'appeler la police lorsqu'un énergumène m'a attrapé et m'a enfermé ici !

L'aristocrate revint peu à peu de sa surprise. Il demanda :

– Comment se fait-il que vous soyez venu rencontrer Page ?

Wood se ferma, bredouilla des paroles incompréhensibles et, très gêné, finit par avouer :

– Un coup de téléphone... Une voix de femme... Je crois que c'était Emma. Oui, c'était certainement elle. Elle paraissait affolée. Elle me suppliait de la rejoindre ici.

– Mais sous quel prétexte ?

– Aucun. Il fallait que je vienne. Elle m'expliquerait. C'était très grave.

– Et vous êtes venu ?

– Oui, naturellement. C'était un véritable appel au secours, vous comprenez... J'ai demandé à un médecin auxiliaire de me remplacer, j'ai sauté dans ma voiture.

– Étiez-vous déjà venu dans ces volières ?

– Oui, l'an dernier. Page m'avait invité à admirer ses oiseaux.

– Et donc vous êtes arrivé. Vous avez garé votre voiture devant l'auberge, je suppose…

– C'est exact. Ensuite je suis entré dans le bâtiment. Comme il n'y avait personne, je me suis rendu directement au bureau et c'est là que j'ai vu… Edward était étendu sur le sol. J'ai cru qu'il avait été victime d'un malaise. J'ai pris rapidement son pouls à la carotide. Il venait de mourir d'une fracture des vertèbres cervicales, sans doute. Le coup du lapin. Il y avait du sang. C'est alors que le domestique de Page est entré. Il a cru que c'était moi le coupable et, vous savez, ces gens-là sont d'un entêtement et d'une force incroyables ! Il n'a rien voulu entendre. Il m'a traîné jusqu'ici, m'a enfermé et, d'après ce que je comprends, il a appelé la police. Grâce au ciel, c'est vous qui êtes arrivé !

– Et vous n'avez évidemment pas rencontré Mme Page ?

– Je n'ai vu personne. Ah, c'est abominable ! Vraiment, je n'y comprends rien. Pourquoi m'a-t-elle obligé à venir ici aussi vite ? Était-ce pour que je constate le décès de son mari ? Pensait-elle que comme médecin je pourrais le sauver ? Mais, dans un cas pareil, on appelle le QAI [1].

1. Quick Accident Intervention, équivalent du SAMU (*NdT*).

– Le fait est, cher ami, qu'elle savait pouvoir compter sur vous ! Vous vous êtes précipité !

Wood hocha la tête :

– Je vous l'ai déjà dit. Avec elle, je suis comme un collégien. Et puis je ne savais pas ce qui se passait. Elle appelait à l'aide avec une voix si angoissée...

– Je comprends très bien votre comportement. Mais voyez : c'était un piège.

– Mais pourquoi ?

– Pour que vous endossiez le crime tandis que le véritable coupable s'échappait. Il y a une petite issue à l'arrière du bâtiment. Tandis que vous entriez par la grande porte, l'assassin se sauvait par là.

Le professeur protesta vivement :

– Allons, ce n'est pas possible ! Pourquoi m'aurait-elle fait ça ? Et qui aurait-elle voulu couvrir par un calcul aussi infâme ? Non, sir Malcolm, vous vous trompez ! D'ailleurs il suffira de lui demander la raison pour laquelle elle m'a demandé de venir ici. Tout s'expliquera.

– Elle prétendra ne vous avoir jamais téléphoné !

D'un coup, le sang parut se retirer du visage de Wood qui bégaya :

– Ivory, vous... vous trompez ! Ce n'est pas possible.

Puis il s'assit à nouveau sur la souche et retomba dans sa prostration. Sir Malcolm en profita pour regagner le bureau où gisait Edward Page. Le superintendant Forbes venait d'y arriver en compagnie du sergent Dorothea Frazer, la stagiaire.

– Qu'est-ce qui se passe ?

– Ah, mon bon Douglas, c'est un coup monté. Je devine qui est l'assassin, mais ce n'est pas celui que l'on croit. Pour l'instant, tout semble accuser Bartholomew Wood.

– Le professeur ? Pourquoi aurait-il fait ça ?

– Une dispute qui a mal tourné.

Le médecin l'interrompit.

– Sir, veuillez m'excuser, je ne suis qu'un praticien local et il faudra que le légiste puisse approfondir cette question, mais, contrairement à mes premières constatations, cet homme ne s'est pas tué en tombant à la renverse sur le coin du bureau. Il a été frappé violemment à l'arrière de la tête par un objet lourd… Par exemple, ce cheval de bronze.

Et il désignait une statuette qui se trouvait sur le bureau.

Le sergent Frazer s'en saisit délicatement comme le prescrit le règlement afin de n'effacer aucune empreinte éventuelle. C'est alors que sir Malcolm remarqua que sous son strict uniforme, la stagiaire était effectivement une charmante jeune femme, svelte, élancée, sportive, avec un visage d'ange encadré par des cheveux noirs coiffés « aux enfants d'Edward ».

– Voyez, fit-elle remarquer d'une petite voix, il y a du sang et des cheveux sur le socle.

– Frazer, ordonna le superintendant, mettez cet objet dans le sac B 75 réservé aux indices et appelez le service des empreintes. Je veux que ce bureau soit passé au peigne fin. Et maintenant, tout le monde dehors !

On obéit. Dans l'allée aux cages, sir Malcolm retrouva Brixton.

– C'est donc vous qui avez découvert le corps de M. Page...

L'homme se dandinait d'une jambe sur l'autre. Ses bras musculeux pendaient de chaque côté de son corps fruste comme s'il ne savait qu'en faire.

– Ouais, m'sieur ! Même qu'il y avait l'autre, l'assassin dans la pièce. Alors, moi j'ai pas peur des assassins, vous comprenez... Je te le suis tombé dessus. Et vlan ! Pas de quartier, comme on dit dans la marine.

– Et celui que vous appelez l'autre, qu'est-ce qu'il faisait lorsque vous êtes entré dans le bureau ?

– Il téléphonait. Mais je ne lui ai pas laissé le temps, vous pensez ! Je te l'ai pris par la veste et hop, en cage avec les oiseaux ! J'espère qu'ils lui caqueront sur la tête ! C'est tout ce que ça mérite, non ? Et pour ça, vous croyez que j'aurai une prime ?

Forbes avait rejoint sir Malcolm. En entendant les derniers mots de Brixton, il dit d'un ton rogue :

– On verra, mon ami. On verra !

Puis, s'adressant sans ménagement au sergent Frazer, il tonna :

– Bon Dieu ! Au lieu de nous regarder, faites-moi sortir le suspect de cette volière ! Et emmenez-le au Yard. Cette affaire est trop importante pour que nous la laissions aux autorités locales.

– Plus que vous ne croyez ! dit sir Malcolm. Ce meurtre est lié à l'affaire des lettres anonymes, et dans une certaine mesure il explique tout. Douglas, veuillez convoquer les Scriveners appartenant au cercle des Majors pour demain matin dans les bureaux du Yard.

– Wood doit-il s'y trouver ?

– Évidemment ! Ainsi que Brixton, le domestique qui a enfermé ce malheureux professeur dans une cage à oiseaux. C'est à rire ! Convoquez aussi Mme Aggie Wood son épouse. Quant à la femme de la victime, Mme Emma Page, je compte lui annoncer moi-même le décès de son mari. M'accompagnerez-vous ? J'y vais de ce pas.

– Non, sir, excusez-moi. Je préfère m'occuper de l'organisation de la réunion que vous souhaitez. Et puis, vous le savez, j'ai horreur d'annoncer les décès aux familles… Mais, dites-moi, sir Malcolm, entre nous, quel peut bien être le rapport entre cet assassinat et la lettre anonyme que j'ai reçue, me mettant en cause vis-à-vis du sergent Frazer ?

– À première vue, aucun rapport ! Mais, en fait, la vérité nous crevait les yeux ! C'était si évident que nous n'avons rien vu ! Ah, vous savez, c'est la fameuse histoire de la *Lettre volée* d'Edgar Poe… On la cherche partout. Elle est tellement visible que personne ne la remarque. Là, il s'agit d'un nom.

– Edgar Poe ? demanda le superintendant. Un nouveau suspect ? Mais d'où sort-il celui-là ?

Sir Malcolm Ivory s'éloignait déjà. Il lui fallait s'entretenir avec Goggle, l'aubergiste, après quoi il se promettait de se faire conduire par une voiture de la police à l'appartement du 240 Battersea Park Road où, sans aucun doute, Mrs Emma Page attendait.

Chapitre 24

Sir Malcolm appuya sur le bouton de l'interphone. Aussitôt la voix déformée, néanmoins reconnaissable, de Mrs Page se fit entendre.

– Ah, c'est vous ? Nous nous sommes déjà vus à midi !

– J'ai quelques nouvelles questions à vous poser.

– C'est bon. Montez.

Lorsque, tout sourire dehors, elle lui eut ouvert la porte de l'appartement, elle le pria aimablement d'entrer et l'introduisit dans un petit salon qui devait être la pièce principale. L'ameublement n'était pas luxueux et avait sans doute été acheté dans un magasin à prix standard à l'époque où le couple s'était installé.

Depuis le déjeuner, elle s'était changée, abandonnant la robe à fleurs pour un tailleur strict du plus beau blanc éclairé à hauteur du cœur par un gros bouquet de roses rouges en taffetas. Un collier de gros grains d'ivoire parachevait cet ensemble de soirée. Visiblement elle allait bientôt sortir pour quelque rendez-vous qui ensuite se terminerait au théâtre, au cinéma ou dans quelque boîte à la mode.

– Je sors de la volière de votre mari, annonça sir Malcolm d'un ton sibyllin.

– Ah, vous étiez à Putney ! Comment va Edward ?

Elle avait posé cette question sur un ton mondain qui paraissait exempt de toute hypocrisie, puis elle enchaîna :

– Vous savez, j'ai beau ne plus le rencontrer que très rarement, je continue à m'inquiéter pour sa santé. Il n'est plus de prime jeunesse, n'est-ce pas ?

– En effet. Il m'a fait visiter sa collection. Il y a vraiment là une véritable fortune !

– Il dépense tous les bénéfices de son oisellerie dans cette passion qui, quelque jour, finira dans un zoo. Il m'a prévenue que je n'hériterais rien de lui.

– Aurait-il rédigé un testament vous déshéritant ?

– Nous sommes mariés sous le régime de la séparation des biens. Et comme je n'ai apporté aucune dot, je ne risque pas de toucher le gros lot ! Je n'ai jamais été fortunée, vous savez... Je n'ai jamais connu mon père. Nous vivions petitement dans une pièce du quartier St. Luke. Je n'oublierai jamais que c'est Edward qui m'a remarquée et m'a sortie de la médiocrité.

– Cela ne vous a pas empêchée de le tromper !

Elle fit la moue et tira sagement sa jupe sur ses genoux. Puis elle déclara sans vergogne mais aussi sans vantardise :

– J'ai toujours eu un corps exigeant, sir Malcolm... Cette déclaration vous choque-t-elle ?

– Non, non. Rassurez-vous. En tout cas, Edward, lui, n'a jamais accepté ce qu'il a pris pour une trahison...

– Je sais. Nous n'avons jamais eu la même vision de ces choses-là... Edward est un homme à l'ancienne mode. Moi, je suis une femme moderne.

– Libérée...

– C'est le mot. Je ne suis pas un oiseau que l'on enferme dans une cage, je vous l'ai dit. Il n'empêche que je respecte mon mari et que j'ai toujours pour lui la plus franche affection.

– Malgré Thomas Scalon ? demanda perfidement sir Malcolm.

– Oui, malgré Thomas, malgré les autres...

– À propos des autres, vous me disiez lors du déjeuner que vous connaissiez peu Trafalgar Tudor...

– Le poète ? Ah oui, je vois bien de qui il s'agit, mais la poésie ne m'intéresse pas particulièrement.

– Pourtant il est venu vous rendre visite ce matin et il est resté près d'une heure en votre compagnie !

Elle partit d'un grand rire :

– Est-ce lui ou est-ce moi que vous faites surveiller ? Oui, en effet, Tudor est venu me quémander de l'argent. Comme si j'étais Crésus ! Je m'empresse de vous déclarer que je ne lui ai rien donné du tout. J'ai horreur de la mendicité.

– Et il vous a importunée durant une heure...

– Je n'ai pas calculé le temps qu'il a passé ici, mais c'est possible. En prime j'ai d'ailleurs eu droit à l'un de ses poèmes. J'ai retenu le titre : *Vertige des abysses*. Drôle, non ? Il le déclamait à tue-tête, si bien que j'ai craint qu'il importune mes voisins !

Sir Malcolm risqua une carte qui lui paraissait maîtresse.

– N'étiez-vous pas venue lui rendre visite dans son studio d'Ashley Street ?

Elle ouvrit de grands yeux étonnés.

– Je l'ai rencontré pour la première fois à cette kermesse des Scriveners... C'est d'ailleurs par le club qu'il possède mon adresse.

– À cette kermesse vous portiez une robe rouge...

– C'est bien possible. Voulez-vous un whisky ? On m'a offert un excellent Millburn.

– Volontiers. Est-ce la marque préférée de Scalon ?

Elle se leva et se rendit vers un petit bar où étaient exposées quelques bouteilles. Elle était vraiment d'une beauté physique exceptionnelle et si elle en jouait ce n'était guère perceptible. Elle avait tellement l'habitude d'être admirée qu'elle trouvait naturel le regard que les autres, et particulièrement les hommes, portaient sur elle.

– Thomas est une personnalité attachante, dit-elle en tendant le verre à sir Malcolm. Il mérite d'être connu. Sous son aspect bravache et peut-être même brutal, c'est un cœur d'or.

– Au club, Scalon et votre mari se côtoient plus qu'ils ne se fréquentent, remarqua l'aristocrate.

– Vous savez bien comment est Edward... Ses principes l'ont rendu rêveur, timide, éloigné du monde. Il lui est plus facile de parler avec un vautour qu'avec un être humain, surtout si cet être humain est une femme !

– Aurait-il une tendance à l'homosexualité ?

Elle haussa les épaules et, faisant référence à la dernière lettre du corbeau, elle ajouta :

– Pas plus que Thomas Scalon, en tout cas !

– À ce sujet, chère madame, comment Scalon a-t-il pris les pseudo-révélations à son sujet ?

– Eh, fit-elle, comme vous le savez, puisqu'il vous a téléphoné ! Il était furieux, ce qui peut se comprendre. Je crois avoir réussi à le calmer.

– L'auriez-vous rencontré aujourd'hui ?

– Il m'a téléphoné. C'est alors qu'il m'a appris qu'il vous avait appelé à plusieurs reprises, que vous étiez toujours absent, qu'il avait fini par vous contacter et qu'à ce moment il vous avait déclaré vouloir rencontrer mon mari pour l'empêcher de colporter des mensonges éhontés sur son compte. Est-ce bien cela ?

– Exactement. A-t-il mis ce projet à exécution ?

Elle fit la moue.

– Oh, je ne pense pas ! Je l'en ai dissuadé en lui expliquant qu'Edward ne pouvait pas être l'auteur de ces lettres ! Aller à Putney n'avait vraiment aucun sens !

– Et donc, si Scalon s'est rangé à votre opinion, qui, selon lui, est le corbeau ? Car, en toute logique, il va tenter de le faire taire. Il a tellement peur des journaux !

– Je l'ignore. Thomas ne m'a rien déclaré à ce sujet. Je dois d'ailleurs sortir ce soir en sa compagnie. Nous allons au bal du Pen Club. Peut-être m'en dira-t-il davantage ?

Au fond de lui, sir Malcolm Ivory était médusé. Jouait-elle ? Ignorait-elle vraiment la mort de son mari ?

– Madame, j'ai également rencontré tout à l'heure le professeur Wood...

Elle ne cilla pas et attendit que l'aristocrate veuille bien achever.

– Il se trouvait à Putney chez Edward.

Ce fut seulement alors qu'elle parut surprise. Elle reprit :

– Chez Edward ?

– Savez-vous pourquoi il s'y trouvait ?

– Pour visiter les volières, je suppose…

– Non, madame, pour une tout autre raison.

Le ton de sir Malcolm était devenu plus grave, presque dramatique. Elle le sentit.

– Vous m'intriguez…

– Une raison infiniment plus grave, madame Page ! Ou devrais-je plutôt dire : miss Emma Lindsey ?

– Oui, c'est bien mon nom de jeune fille, mais de quoi voulez-vous parler au juste, sir Malcolm ?

Cette fois elle était vraiment alarmée, comme si elle prévoyait de recevoir un coup sans trop savoir de quel côté il allait lui être assené.

– Bartholomew Wood était venu voir Edward, votre mari, afin de l'assassiner.

Elle eut comme un hoquet. Son visage en un instant se décomposa. Une comédienne était-elle capable d'un tel changement de physionomie en une fraction de seconde ?

– Assassiner ? Assassiner Edward ? Mais… Ai-je bien compris ce que vous venez de dire ? Edward serait…

Elle n'acheva pas. Ses yeux se révulsèrent. Lentement son corps s'affaissa, glissa du fauteuil dans lequel elle était assise et, comme une poupée de chiffon, s'effondra sur le tapis.

Chapitre 25

La salle Conan Doyle avait été préservée du modernisme qui, au New Scotland Yard, était devenu la règle. Ici, point de ce béton apparent et de ces larges baies aux vitres bleutées qui faisaient ressembler l'endroit à un vaste aquarium. Le vieux major Steadly, mis à la retraite depuis cette époque, avait souhaité qu'au moins une pièce de l'énorme bâtiment conserve le style qui avait été celui de l'ancien Yard, celui qu'avait connu Sherlock Holmes ; d'où le nom donné à la salle.

Le bois y était le principal matériau apparent : poutres et lambris surtout. Le mobilier, déménagé de la maison mère, était rustique : grosse table sortie tout droit d'une ferme d'Écosse et chaises cannées au dossier raide. Au XIXe siècle l'ensemble devait paraître barbare mais tout à fait à l'unisson des crimes que l'on y jugeait. À présent, une sympathie amusée faisait partie intégrante de la nostalgie que tout Anglais bien né ressent devant une époque disparue.

Sir Malcolm Ivory appréciait la simple rugosité de cette salle, lui qui était plutôt habitué aux meubles d'antiquaire. Il y lisait une austérité bien propre au dévoilement des consciences. Quant au superintendant, plutôt que son bureau, il choisissait toujours cet endroit lorsque la réunion des suspects dépassait cinq personnes, ce qui était ici le cas.

Charles Crown arriva le premier. L'archiviste général ne comprenait pas ce qu'il venait faire là. Était-il besoin de se rassembler au Yard alors que le club des Scriveners eût été le lieu naturel pour une confrontation générale entre membres du Cercle ? Mais lorsqu'il apprit le décès d'Edward Page, il comprit mieux l'exigence de la police et, devenu livide et muet, alla s'asseoir au fond de la pièce, près des plantes en pot.

Thomas Scalon suivit. Le romancier était pressé et espérait que la réunion ne s'éterniserait pas car il avait un rendez-vous avec son éditeur. Néanmoins il eut quelques phrases de regret à l'égard du défunt, puis alla s'asseoir à côté de Crown qu'il salua rapidement.

Trafalgar Tudor entra d'un air lassé. Il estimait que si la mort de l'ornithologue était malheureuse, elle n'en était pas moins inéluctable. Pour lui, en effet, s'intéresser aux oiseaux plutôt qu'aux êtres humains était une faute politique impardonnable qui, de quelque manière, devait être sanctionnée.

Il alla s'asseoir à l'autre bout de la pièce par rapport aux deux premiers arrivants.

Brixton entra d'un air gauche, heurta un lampadaire, voulut le retenir et dans son geste renversa une plante verte. Rouge de confusion, il rejoignit Tudor et s'assit à ses côtés sans saluer personne. D'ailleurs sir Malcolm pénétrait à son tour dans la salle, escorté par Douglas Forbes et le sergent Dorothea Frazer. Ils accompagnaient Mrs Aggie Wood qu'ils étaient allés quérir à son domicile, ce qui s'était fait non sans quelque réticence compréhensible. Pour elle, l'arrestation de son mari tenait d'un insupportable cauchemar.

Aussi lorsqu'elle vit entrer Bartholomew escorté par deux agents en civil, se précipita-t-elle vers lui, les larmes aux yeux, les bras tendus en avant comme pour se jeter dans ses bras.

Incapables de prononcer un mot, les deux époux seraient demeurés paralysés l'un en face de l'autre, si l'on n'avait entraîné le professeur vers un siège tandis que sir Malcolm faisait doucement asseoir Mrs Wood dans le seul fauteuil de la pièce.

Lorsque tout ce monde se fut installé, l'aristocrate se déplaça au centre de la salle. Forbes sortit son carnet à élastique afin de prendre des notes et convia la stagiaire à en faire autant.

– Madame, mes chers collègues, commença sir Malcolm, nous sommes réunis ici à la suite du tragique décès de notre ami l'honorable marqueur des cygnes, Edward Page. Malheureusement son épouse n'a pu se joindre à nous. Elle se trouve actuellement au St. John's Hopital où elle fut transportée hier soir à la suite d'un malaise. Cette absence regrettable ne nous empêchera pas d'étudier ensemble, sous le contrôle du superintendant Forbes ici présent, l'affaire des lettres anonymes que nous avons tous reçues, affaire qui, je le prétends, est directement liée au meurtre de notre ami.

Un brouhaha suivit cette entrée en matière. Sir Malcolm en profita pour sortir de son gilet l'inhalateur que le parfumeur Creed lui avait préparé, à base de musc, de cuir de Russie et de cannelle, qu'il respira dans l'une et l'autre de ses narines avant de reprendre :

– Nous nous trouvons, en effet, devant un imbroglio extrêmement curieux et dont j'ai eu le plus grand mal à démêler les fils, je l'avoue. Une grande intelligence avait méticuleusement programmé ce qui, fatalement, devait aboutir à la mort d'Edward Page. Car, je le précise d'ores et déjà, tout ce qui fut mis en œuvre par le corbeau n'avait aucun autre but que cet assassinat.

– Je vois mal, fit Charles Crown, comment le fait de me traiter d'ivrogne et de gâteux pouvait amener quelqu'un à tuer Page !

Cette remarque détendit l'assistance qui se prit à rire.

– Et c'est là que résidait la ruse de celui qui a monté ce plan rigoureux. Il attirait notre attention sur l'ensemble des membres du cercle des Majors afin de dissimuler qu'en fait il n'envoyait ses lettres que pour manipuler l'un d'entre nous. Je dis bien : un seul d'entre nous ! Mais tâchons de procéder avec ordre afin de bien comprendre le processus enclenché par le corbeau, voulez-vous ?

Cette fois, l'assistance était tendue et ne perdait pas un mot des paroles de sir Malcolm.

– Nous savons tous que ces lettres avaient été tapées et reproduites sur le matériel de bureau du club, et cela lors d'une nuit de fin janvier ou de début février. Si le corbeau s'était donné cette peine, alors qu'il aurait pu réaliser ailleurs et plus simplement le même travail, c'est qu'il voulait donner à penser que l'auteur des lettres était un membre du cercle. Seuls, en effet, ces membres privilégiés possèdent les deux clés d'entrée et du bureau. Néanmoins, il était aisément concevable que l'un de ces membres ait pu prêter ses clés à un tiers ou qu'il se les soit fait subrepticement emprunter.

– En effet ! fit Charles Crown. Connaissant l'intégrité de nos collègues, j'opterais plutôt pour le vol des clés, ne fût-ce que pour la durée de cette nuit-là.

– C'était aussi mon avis, acquiesça sir Malcolm. Et, sans aller chercher bien loin, qui pouvait le plus aisément subtiliser ces clés, sinon les intimes de ces membres et, plus particulièrement, leur épouse ?

Mrs Aggie Wood poussa un cri, puis elle dit :

– Allez-vous m'accuser, sir Malcolm, après avoir odieusement accusé mon mari ?

– Pour l'heure, chère madame, répondit l'aristocrate, nous n'en sommes qu'au raisonnement et aux hypothèses. Je n'accuse personne ! Et donc, en suivant le fil de cette idée, deux épouses étaient plus particulièrement suspectes : Mme Wood et Mme Page. Nos autres membres ne sont, en effet, pas mariés.

– Mais ils peuvent avoir une maîtresse ! lança Aggie Wood avec courroux.

– Certes ! Et heureusement pour vous, chère madame, et vous allez comprendre pourquoi ! En effet, une donnée m'apparut très vite. Notre ami Page nous cachait qu'il ne vivait plus avec sa femme depuis plusieurs années, et donc Mme Page ne pouvait lui subtiliser les clés qu'il gardait sur lui ou laissait chez sa mère. Restait donc à trouver quel membre du cercle avait une maîtresse susceptible de s'intéresser à ces clés. Et là, je n'avais que l'embarras du choix. Ce pouvait être Charles Crown, Thomas Scalon, Bartholomew Wood ou Trafalgar Tudor.

– Ou vous-même ! fit le dernier cité avec sa hargne habituelle.

– Ou moi-même, en effet ! Et là, madame Wood, je vous demande de prendre mes paroles pour ce qu'elles sont. Je le répète, il ne s'agit que d'une hypothèse d'école. Je ne vous imaginais pas avec un amant !

– Mon Dieu, j'espère bien ! s'écria Aggie indignée. Que faut-il entendre ?

– Restait donc Mme Emma Page qui, étant séparée de son mari, pouvait fort bien vivre avec quelqu'un, ce qu'elle m'a confirmé sans ambages. Monsieur Thomas Scalon, vous êtes cet heureux élu.

– Je ne le cache pas, fit le romancier d'un ton avantageux. Emma est l'une de mes amies.

– Ça ne m'étonne pas ! cracha Mrs Wood.

Charles Crown s'interposa :

– Sir Malcolm, où ce déballage va-t-il nous mener, je vous prie ?

– À la personne qui a utilisé les clés pour rentrer nuitamment dans le club, mon cher ami ! Et cette personne, je la désigne formellement. Cette personne est Emma Page. C'est elle qui a subtilisé les clés appartenant à Thomas Scalon. C'est elle qui a tapé les lettres et les a photocopiées.

– Mon Dieu ! s'exclama le romancier. Si ce que vous dites est vrai, c'était à mon insu !

Sir Malcolm se retourna brusquement vers le poète anarchiste, et d'une voix suave lui demanda :

– Mais vous, en revanche, vous étiez au courant ! N'est-ce pas, monsieur Tudor ?

Chapitre 26

Trafalgar Tudor fit une horrible grimace et lança :

– Évidemment, je suis un criminel tout trouvé !

– Pour l'instant, répondit sir Malcolm, je ne vous accuse pas non plus. Il se trouve seulement que vous avez été témoin de l'incursion nocturne du corbeau dans les locaux du club. Lorqu'en compagnie du superintendant Forbes je vous ai surpris l'autre nuit, votre première réaction a été de vous écrier : « Tiens, encore un fantôme ! » Ce qui, en langage clair, signifiait que vous aviez vu à un autre moment une autre personne dans des conditions identiques. Et cette personne était Emma Page. Osez dire le contraire !

– Je n'avouerai rien du tout ! fit Tudor en croisant les bras. Il s'agit d'une question privée qui ne regarde que moi !

– En effet, reprit sir Malcolm, vous avez profité de cette circonstance pour faire chanter un aussi charmant fantôme. Cette nuit-là, vous avez signé un pacte tacite avec elle : vous ne révéleriez rien à quiconque et elle deviendrait votre maîtresse occasionnelle. Elle a accepté car, sans cela, son plan tombait à l'eau et, de toute façon, c'est une femme qu'une nouvelle aventure n'embarrasse pas outre mesure !

– Vous ne pourrez jamais prouver ce que vous racontez ! jeta le poète d'un air mauvais.

– En tout cas, je peux vous préciser que Mme Page est venue vous retrouver à plusieurs reprises dans votre studio d'Ashley Street et qu'hier encore vous êtes venu la visiter au 240 Battersea Park Road entre neuf heures et dix heures du matin !

Tudor se troubla :

– D'où tenez-vous des renseignements pareils ?

– Et donc, poursuivit sir Malcolm, notre corbeau n'était autre que l'épouse d'Edward Page.

– Admettons, fit Charles Crown, mais pourquoi agissait-elle ainsi ?

– En ce point, il faut que nous tentions de comprendre la psychologie particulière d'Emma Page. Cette femme avait été tirée de rien par son mari. Il l'avait fait pénétrer dans le monde. Elle s'était vite étourdie de cette vie nouvelle et avait commencé à prendre des amants, d'autant plus qu'Edward, plus âgé qu'elle et peu porté sur le sexe, la délaissait un peu trop souvent pour ses oiseaux. Néanmoins, lorsqu'il s'aperçut qu'elle le trompait, ce fut pour lui une désillusion considérable. Il croyait avoir enfermé la belle créature dans l'appartement de Battersea et, tel un oiseau volage, elle s'était envolée. Déçu, blessé dans son orgueil, il a rompu avec elle de façon catégorique, l'abandonnant à ce qu'il appelait avec horreur « ses instincts ».

– Edward Page avait tort ! fit Thomas Scalon. Emma avait gardé pour lui une véritable affection et s'il l'avait un peu mieux comprise le couple aurait pu se reformer. Mais c'était un homme égoïste et figé sur des principes dépassés.

– Vous en parlez à votre aise ! lança Mrs Aggie Wood. Cet homme avait été trompé dans sa confiance, meurtri dans son amour…

– Amusant ! ricana Tudor.

Sir Malcolm passa outre et reprit :

– Le fait est qu'Emma s'est retrouvée seule et, comme il fallait s'y attendre, a adopté une existence de demi-mondaine afin de continuer à vivre dans la société qui lui plaisait. Elle avait souhaité obtenir le divorce afin de se remarier avec l'une des personnalités qu'elle fréquentait et qui n'aurait demandé que cela. Mais Edward refusait l'idée même de divorce, ne serait-ce que pour punir Emma et, de cette piètre façon, la tenir encore en cage.

– Là, il exagérait ! fit Scalon.

– Un vieux con ! tonna Tudor.

– Il ne restait donc à Emma qu'une solution : faire disparaître son mari.

– Mais c'est abominable ! s'écria Aggie Wood. Belle mentalité !

– Or pour arriver à ses fins sans le moindre risque il fallait qu'elle trouve un moyen. Il lui fallait surtout découvrir quelqu'un qui se chargerait du meurtre à sa place. Et ce quelqu'un elle le trouva, très naturellement, parmi ses amants. Encore fallait-il amener l'élu à accepter de réaliser un geste aussi terrible. Et c'est là qu'elle imagina le stratagème des lettres anonymes. Elle savait, en effet, que l'amant qu'elle avait secrètement choisi avait, par le seul fait de sa profession, une peur panique de l'opinion. Les lettres étaient faites pour le déstabiliser, d'autant que lorsque les ayant reçues, il s'en ouvrait naïvement à elle, elle ne manquait pas d'en exagérer l'importance. J'ajouterai que, dans le même temps, Mme Page était ravie de jeter le trouble chez les Scriveners qui, à ses yeux, représentaient tout ce qu'elle n'aimait pas en son mari.

– En quoi pouvions-nous gêner cette dame ? demanda Crown.

– Oh, c'est bien simple, fit sir Malcolm. Nous avions reçu Edward dans notre sein alors que le couple vivait encore à peu près uni. Elle nous jalousait d'accaparer les soirées de son époux. Peu à peu elle s'est mis dans la tête que nous étions responsables de la désaffection d'Edward de son foyer. Il nous préférait à elle.

– Elle aurait mieux fait de jalouser les oiseaux ! fit Bartholomew Wood.

– Elle n'y a pas manqué ! Mais que faire contre des oiseaux ? Les Scriveners étaient une cible plus facile. Bref, Emma élabore son plan. Nous croyons tous qu'il est destiné à semer la zizanie entre nous. En vérité, il a été conçu dans le seul but de déstabiliser celui qu'elle a choisi pour accomplir le meurtre. Et cet homme, c'est vous, Thomas Scalon !

Le romancier se dressa d'un bond et cria :

– Eh, Ivory ! Que racontez-vous ? Vous savez bien que le meurtrier est Wood !

– Asseyez-vous, Scalon ! ordonna sir Malcolm. Nous n'en sommes plus aux mensonges et aux faux-semblants ! Ils ont assez duré ! Oui, Scalon, c'est vous qu'Emma Page avait choisi afin que vous assassiniez son mari. Grâce aux lettres anonymes, elle vous préparait petit à petit à passer à l'acte. Lorsque vous avez reçu la dernière qui promettait de révéler à la presse votre prétendue pédophilie, vous étiez mûr pour faire taire celui dont vous étiez persuadé qu'il était le corbeau. Les graines dans l'enveloppe étaient le dernier détail qui devait vous convaincre. Mais auparavant vous aviez déjà eu maille à partir avec Page. Le jour de la kermesse, vous en étiez même arrivé aux mains !

Le romancier s'était tassé sur son siège et regardait le plancher avec une fixité qui témoignait du trouble de son esprit.

– Néanmoins, si vous étiez le bras choisi pour accomplir le meurtre, vous demeuriez, malgré tout, l'ami de cœur d'Emma Page. C'est alors que son esprit tortueux imagina de détourner l'attention en jetant le professeur Wood dans cette sinistre comédie. Il avait été entendu que vous, Scalon, accompliriez votre geste homicide à cinq heures, c'est-à-dire à l'heure où Brixton, le domestique de Page, allait prendre régulièrement le thé à l'auberge voisine. En fait, Emma ignorait les habitudes de Brixton, mais elle vous a convaincu et, à l'heure où vous alliez arriver à la volière, elle a appelé au téléphone d'une part le professeur pour le faire accourir sur place et d'autre part Brixton pour l'éloigner provisoirement des lieux.

– Goggle, l'aubergiste, est venu me dire qu'on m'appelait, expliqua le valet. J'y suis allé. C'était une personne, même qu'elle m'a dit qu'elle appartenait à la loterie et que j'avais gagné. Dix mille livres qu'elle a dit ! Il fallait que je donne mon numéro de ci, mon numéro de ça, et plein de détails que j'en ai eu la tête farcie. À la fin, elle a raccroché et moi je suis revenu aux volières. C'est là que j'ai trouvé l'assassin.

– Ou plutôt, rectifia sir Malcolm, celui que l'on voulait nous faire prendre pour l'assassin ! Vous, Scalon, quelques minutes plus tôt, vous étiez sorti par la petite porte à l'arrière du bâtiment et aviez regagné votre voiture. C'était bien combiné, n'est-ce pas ? Seulement, l'aubergiste s'était étonné de vous voir arriver. Page recevait si peu de visites ! Et lorsque je lui ai demandé de décrire celui qu'il avait vu, il vous a parfaitement dépeint. La fin du plan d'Emma était parfaite sur le papier mais beaucoup moins fiable sur le terrain, voyez-vous...

Scalon se leva précipitamment et tenta de gagner la porte, mais les deux agents qui avaient accompagné Wood le maîtrisèrent et le ramenèrent de force à sa place. Il se laissa faire, totalement anéanti. Sir Malcolm s'approcha alors de lui :

– La séduction et la ruse de cette femme ont fait de vous un criminel. De ce fait, vous êtes aussi sa victime. Peu à peu elle vous a mené là où elle le voulait. Vous qui vous croyiez un grand manipulateur de ces dames, c'est l'une d'entre elles qui vous a mené par le bout du nez. « Papier tue-mouches », disiez-vous en croyant plaisanter. C'est vous qui étiez la mouche, mon pauvre ami !

– Et donc je suis libre ! s'écria le professeur Wood de façon quelque peu inconvenante.

Son épouse s'approcha de lui et, d'un ton sévère, s'exclama :

– Bartholomew, vous auriez pu me tromper avec cette fille ! Vous auriez pu, n'est-ce pas ?

– Non, fit-il avec un soupçon d'hypocrisie, elle était trop aguichante, trop facile... Je voyais bien qui elle était !

– Il n'empêche que lorsqu'elle vous a téléphoné de venir la rejoindre à Putney, vous vous êtes précipité !

– Elle m'appelait au chevet de son mari. Je suis médecin. Il le fallait.

– Tutut ! fit Mrs Wood. Il faudra que je vous surveille davantage, mon ami. Mais que cette affaire vous serve de leçon. Comme le dit souvent le révérend Goodway, le bien nommé : « Dieu tend des embûches aux hommes pour qu'ils apprennent à se défier d'eux-mêmes. »

On emmenait Scalon. Charles Crown s'approcha de sir Malcolm :

– Je vous remercie de n'avoir pas évoqué l'affaire du club des Bibliolâtres...

– Cher ami, murmura sir Malcolm pour que personne d'autre n'entende ses paroles, j'avais compris que votre fortune n'était que de façade. Vous viviez en vendant peu à peu tous les immeubles dont vous aviez hérité. Pour ne pas avoir à céder votre belle demeure de Mayfair, et après avoir négocié tous les meubles de style qui s'y trouvaient, vous avez commencé à monnayer la liste des membres du club à diverses sociétés de vente par correspondance. Nous ne sommes pas nombreux mais nous sommes une clientèle idéale, n'est-ce pas ?

– Je dois aussi vous avouer quelque chose... reprit discrètement Crown. Tudor me faisait chanter. C'est un sale type, vous savez...

Sir Malcolm déclara de son ton le plus grave :

– Voilà où mène l'anarchie ! Pauvre Angleterre ! Sous le couvert de ses traditions immuables, elle n'est que grouillement d'instincts déchaînés... Venez, Douglas, nous allons au St. John's Hospital rendre visite à cette si charmante Emma Page.

– Dites-moi, m'sieur, demanda vivement Brixton alors que les deux hommes s'éloignaient. Est-ce que vous croyez que je toucherai quand même les dix mille livres de la loterie ?

Chapitre 27

La veuve d'Edward Page était assise dans un grand fauteuil et lisait sagement un roman qui s'avéra être le dernier paru de Thomas Scalon. Elle était vêtue d'un pyjama clinquant comme en portaient les vedettes de cinéma des années 50. Le superintendant fut frappé non seulement par sa beauté mais par la délicatesse de son visage que l'on eût cru juvénile. Il n'était pas fardé.

Lorsqu'elle reconnut sir Malcolm, elle posa aussitôt le livre, se leva et vint vers lui.

– Ah, cher monsieur, comme c'est gentil de venir me voir dans cette affreuse chambre d'hôpital !

– Il me semble que votre malaise d'hier s'est dissipé.

– L'annonce de la mort de mon cher Edward m'avait bouleversée. Maintenant, je commence à remettre mes idées en place.

– En lisant un roman de votre ami Scalon...

– Cela me distrait un peu.

Douglas Forbes était stupéfait de constater avec quelle aisance Emma Page évoquait le décès de son mari.

– Vous a-t-on appris que ce même Scalon vient d'être arrêté ? demanda sir Malcolm.

– Arrêté ? fit-elle en levant de grands yeux étonnés. Et pour quel motif ?

– C'est lui qui a porté le coup qui malheureusement a tué votre époux.

Elle hocha la tête et, de sa petite voix, dit simplement :

– Le pauvre fou ! Je lui avais pourtant expliqué qu'Edward ne pouvait pas être l'auteur de ces lettres anonymes ! Je croyais l'avoir convaincu. Et voilà ! On ne peut sans doute pas arrêter le destin !

– D'ailleurs, reprit sir Malcolm, pendant un certain temps, nous avons pu croire que le meurtrier n'était autre que le professeur Wood…

– Ah ? Et pourquoi donc ?

– Parce qu'il était sur place, à Putney, au moment du crime.

– Et qu'y faisait-il ?

– Quelqu'un lui avait téléphoné de s'y rendre. Une voix de femme… Mais ce n'était qu'un piège pour que nous l'accusions à la place du véritable assassin qui est bien Thomas Scalon.

– C'est curieux, dit-elle distraitement.

Puis son regard se perdit à travers la baie vers le parc de l'hôpital où l'on voyait des oiseaux se chamailler.

– Écoutez, fit sir Malcolm, le jeu est fini. J'admire vos dons de comédienne, mais il est trop tard pour que je puisse vous en féliciter. Voyez-vous, en voulant peaufiner votre plan, vous avez commis une erreur...

Elle fixa l'aristocrate de ses yeux violets et murmura :

– Mais de quoi parlez-vous donc, cher monsieur ?

– De votre erreur. Et cette erreur est directement liée à ma personne.

Elle sourit. On eût dit un ange.

– Votre personne, sir Malcolm ?

– Lorsque vous avez imaginé votre stratégie pour amener Scalon à tuer votre mari, vous avez voulu profiter de cette occasion pour semer la discorde parmi les membres des Scriveners. Vous avez toujours pensé que nous étions coupables de la désaffection d'Edward vis-à-vis de votre précieuse personne. Vous nous en vouliez, non pas que vous ayez eu un penchant quelconque pour le pauvre homme, mais parce que son absence volontaire vous privait de son entregent. Oh, il n'était pas riche, mais il était l'honorable marqueur des cygnes ! Il vous permettait de vous introduire dans la belle société, celle où vous pouviez exercer votre charme ! Or, parmi les Scriveners, il y en avait un qui vous agaçait particulièrement. Votre mari avait la faiblesse de l'admirer au point de collectionner les articles qui narraient ses hauts faits et au point de vouloir appartenir au même club que lui. Et cet homme, vous le savez bien, n'était autre que moi.

– Vous ? fit-elle avant de pouffer de rire. Mais je ne vous connaissais même pas !

– Oh, si ! Vous me connaissiez ! Vous me connaissiez par tout ce que vous avait raconté Edward sur un ton trop chaleureux, par la presse, et par Thomas Scalon lui-même ! Vous me connaissiez et me détestiez. J'étais devenu dans votre esprit l'archétype de ceux qui vous avaient séparé du monde auquel vous aspiriez, ce monde auquel vous ne pouviez plus prétendre qu'en vendant vos charmes !

– Mon Dieu, fit-elle avec ironie, quel roman ! Vous pourriez continuer l'œuvre de Scalon aisément !

– Et donc vous avez voulu profiter de ces lettres anonymes pour me lancer un défi, poursuivit sir Malcolm.

– Un défi ? Vraiment, sir, vous surestimez mes capacités !

– Que non ! Vous saviez que le superintendant Forbes ici présent était toujours mon associé lors des enquêtes que me confie Scotland Yard. C'est à travers lui que vous avez cru habile de me défier. Et là, j'avoue avoir manqué de présence d'esprit. Je ne comprenais pas comment vous aviez pu être au courant que le lieutenant Findley s'était cassé la jambe et qu'il était momentanément remplacé par le sergent Dorothea Frazer. En fait, c'était tout simple. Votre nom de jeune fille est Lindsey. Votre belle-mère me l'a appris lorsque je l'ai rencontrée dans le magasin de votre mari. Or il existe un Lindsey dans le service que commande Douglas Forbes. C'est votre frère et c'est par lui que vous avez appris ce détail que seul un policier du Yard pouvait connaître.

Elle répliqua de son ton doucereux :

– N'ai-je pas le droit d'avoir un frère qui travaille à Scotland Yard ?

– Il a même le droit de vous colporter tous les ragots de la police londonienne, mais vous, Emma Lindsey, vous n'avez pas le droit de les utiliser pour compromettre un homme aussi respectable que le superintendant Douglas Forbes ! Vous aviez même envoyé la copie de votre chiffon à son épouse !

Elle se leva. Son visage était étrangement calme.

– Messieurs, j'ai l'impression de vivre dans un rêve. Tout ce que vous me racontez est si invraisemblable, si éloigné de qui je suis, que je n'arrive pas à comprendre le dixième de vos affirmations. Pouvez-vous en prouver une seule ?

– Trafalgar Tudor vous a surpris au club durant la nuit où vous prépariez les lettres ! tonna le superintendant que le comportement de Mrs Page commençait d'agacer.

– Ah, Tudor ! ricana-t-elle. Ce fauché ! Ne serait-ce pas plutôt lui le corbeau ?

– Hier matin, il est resté une heure dans votre appartement de Battersea ! affirma sir Malcolm.

– Il venait me quémander de l'argent. Évidemment il n'a rien eu !

– Et pourquoi venait-il vous demander de l'argent ?

– Il fut une époque où j'avais quelque bonté pour lui, je l'avoue. Mais c'est fini ! Ce n'est qu'un pique-assiette !

– Vous avez réponse à tout ! s'écria Forbes.

– Puisque je suis innocente de ce que vous paraissez m'accuser ! D'ailleurs, pourquoi aurais-je voulu tuer Edward ? J'ai toujours su que je n'hériterais jamais de lui ! Mieux : il me faudra quitter mon appartement. Il ne m'a rien laissé. Alors, pourquoi se donner tant de mal ?

– Pour être libre de vous remarier avec Scalon, répondit sir Malcolm. C'est d'ailleurs pour cette raison que vous souhaitiez couvrir son geste en faisant accuser le professeur Wood ! Scalon est un auteur à succès. Il s'introduit facilement dans le monde que vous aimez fréquenter. Et il est riche ! Hélas pour vous, il risque de passer de longues années en prison, loin de vous !

Elle secoua la tête en signe de dénégation.

– Vous n'y êtes pas du tout ! J'aime bien Scalon, mais de là à me marier avec lui ! C'est un homme à femmes, infidèle par nature, un don juan ! Ne s'est-il pas juré de parvenir à mettre la pudibonde Aggie Wood dans son lit ?

– Il n'en aura plus l'occasion, fit le superintendant visiblement écœuré.

– C'est dommage pour lui, en effet, reprit Emma. Voyez-vous, il s'est montré trop impulsif malgré mes conseils. Edward ne pouvait pas être le corbeau ! Ce n'était pas du tout son genre. Je l'ai assez répété à Thomas... Mais Thomas est un coléreux, un homme irréfléchi...

De la chambre, le superintendant, à bout de patience, appela Scotland Yard au téléphone. Le sergent Frazer était rentré. Il ordonna à la jeune stagiaire de former immédiatement une équipe et d'aller perquisitionner l'appartement du 240 Battersea Park Street. En entendant cela, Emma Page s'écria :

– Et vous croyez que si j'étais votre corbeau, j'aurais laissé chez moi quelque trace de mes plumes ? Allons, messieurs, vous me sous-estimez ! D'ailleurs, afin de bien vous assurer de mon innocence, je vous conseille d'accompagner votre sergent. Pendant ce temps, j'achèverai de me retaper.

Et elle sortit de la poche de son pyjama un trousseau de clés qu'elle leur tendit, un singulier sourire aux lèvres.

Chapitre 28

*H*uit jours plus tard, sir Malcolm Ivory et le superintendant se retrouvèrent à l'issue de l'audience préalable qui devait dresser l'acte d'accusation du romancier Thomas Scalon pour le meurtre d'Edward Page. Le coroner, sir Edgar Fulton, avait tenu, contre l'avis de sir Malcolm, à dissocier l'affaire des lettres anonymes et celle de la mort de l'ornithologue, estimant qu'elles ne relevaient pas de la même compétence judiciaire.

Les deux hommes marchèrent en silence un long moment. Le temps, de façon quasi insolente, continuait à se maintenir au beau fixe.

– Pas un mot de regret pour son mari ! Pas une bribe de compassion pour son amant ! soupira Forbes.

– Et surtout, ajouta l'aristocrate, pas un soupçon d'aveu ! Contre toute évidence, elle nie avoir été l'auteur des lettres et avoir poussé Thomas

Scalon à tuer Edward Page ! On dirait que cette affaire ne la concerne pas !

– Est-ce une formidable comédienne ou une folle ?

– Bonne question, Douglas ! Vous allez voir que devant le tribunal elle continuera son jeu sans défaillance, quoi qu'il arrive. Elle sait que c'est son atout majeur. Faute de preuve, nous pourrons toujours douter de sa culpabilité.

– Pourtant, vous en êtes certain : elle est le corbeau et c'est elle, vraiment elle, qui a incité le romancier à assassiner son mari. Devant le coroner, l'avocat de Scalon a tenté de l'accuser de complicité. Mais quelle preuve peut-il apporter ? Nous avons fouillé l'appartement de Battersea de fond en comble. Nous n'avons retrouvé aucun indice qui puisse nous faire penser que Mme Page était le corbeau. La machine à écrire qui a servi pour les enveloppes, une seule de ces enveloppes bleues, non, nous n'avons rien retrouvé.

– Depuis février, elle a eu tout le temps de se débarrasser des indices encombrants, résuma sir Malcolm. Les enveloppes restantes ont été brûlées. La machine à écrire a été jetée sur quelque dépôt d'ordures, peut-être à des centaines de kilomètres d'ici.

Ils s'arrêtèrent au pub New Moon afin de se désaltérer.

– C'est tout de même une femme superbe ! fit le superintendant après avoir vidé la moitié de son bock à bière.

– La beauté du diable ! fit sir Malcolm. J'ai moi-même failli m'y laisser prendre. Au restaurant *Chez Francis*, à certains moments, j'étais comme hypnotisé... Le charme est un ingrédient bien étrange. Nous avons tous été plus ou moins sensibles à celui de cette Emma, même ce sacripant de Trafalgar Tudor qui, pour rien au monde, ne voudra aider la police ! Il lui suffirait d'avouer qu'il avait reconnu Mme Page au club, la fameuse nuit de février, mais ce serait, d'une part, se faire complice par omission et, d'autre part, admettre qu'il la faisait chanter. Emma l'accuserait de fornication sous la menace, ce qui équivaut légalement au viol ! Il ne dira rien.

– Et le professeur Wood, ne peut-il jurer qu'il a reconnu la voix de la femme qui l'a incité à se rendre à Putney, l'après-midi du crime ?

– Il n'est plus assuré de rien et n'a déposé aucune plainte. Son épouse et lui ne veulent pas être mêlés davantage à cette aventure où il apparaît sous un angle plutôt ridicule. Vous voyez d'ici les ricanements de la presse s'il racontait son histoire ! « Le célèbre gynécologue en goguette enfermé dans une cage à oiseaux ! »

– Effectivement. Rien ne prouve que cette femme ait été la commanditaire du meurtre.

Tout à coup, sir Malcolm demanda :

– Et le sergent Lindsey, le frère d'Emma, l'avez-vous interrogé ?

– Oui. Il reconnaît volontiers avoir bavardé avec sa sœur des faits divers dans mon service. C'est ainsi que, sans penser à mal, il a raconté comment le lieutenant Findley s'était cassé la jambe et comment il allait être remplacé par le sergent stagiaire, Dorothea Frazer... Rien d'anormal à cela, n'est-ce pas ?

– Sans doute, fit sir Malcolm en continuant de réfléchir, votre sergent Lindsey aura dit à Emma que la jeune Dorothea était un beau brin de fille... C'est ce qui aura incité le corbeau à vous envoyer cette lettre à vous et à votre épouse. À vous à l'adresse du Yard ; à votre épouse à votre adresse personnelle.

– Mme Page a pu trouver facilement cette dernière dans le répertoire de la Poste. Nous y sommes inscrits.

Sir Malcolm s'attarda à regarder les joueurs de fléchettes qui, au fond du pub, s'exerçaient en riant. Il enrageait de ne pas trouver la preuve matérielle décisive qui obligerait Emma Page à reconnaître sa culpabilité. Il avait beau tourner et retourner l'affaire sous tous ses angles. Il semblait que la veuve du marqueur des cygnes avait tout prévu, et cela dès février. À ce moment, le souvenir de la fameuse kermesse dans le parc des Wood revint à l'esprit de sir Malcolm. Il revoyait fort bien Emma et sa robe rouge sur la balançoire. Bartholomew riait à ses côtés. Puis une autre image se superposa soudain à la première. Les fléchettes !

– Ah, fit-il, il me semble que je me souviens de quelque chose, ou plutôt de quelqu'un... Il se tenait assez amoureusement à côté de Mme Page lors de cette kermesse, devant le stand du lancer de fléchettes. Ce n'était pas le professeur Wood. Non, à ce moment-là, ce n'était pas lui. Ce n'était pas non plus Thomas Scalon. Sur l'instant, la présence de cet homme à côté de l'épouse d'Edward m'avait étonné. Il ressemblait à un mannequin de mode. Une élégance trop voyante... Un Français, sans doute... Cette vision fugitive avait disparu de ma mémoire. Il faut que je la fasse à nouveau apparaître, car j'ai revu dernièrement cet homme ; mais où ? Il y a combien de temps ? Douglas, commandez-moi un double whisky ! Un Knockando, si possible...

Sir Malcolm était dans un état proche de la transe. Le superintendant s'en alarma, alla au comptoir commander la boisson. Lorsqu'il revint, il trouva l'aristocrate plongé dans ses pensées. N'osant parler, il le vit boire lentement, avec une sorte d'application. Le visage crispé semblait se détendre peu à peu, sans doute au fur et à mesure que l'alcool faisait son effet sur ce qu'il appelait « ses petites méninges ».

– Douglas, il faut que je téléphone immédiatement à Mme Aggie Wood !

Il se leva, gagna rapidement la cabine téléphonique du pub. Le superintendant le vit parlementer. Puis il revint, tout excité, ce qui n'était guère dans ses habitudes.

– Tout se tient ! C'est le traiteur *Chez Francis* qui avait organisé le buffet en février, lors de la kermesse des Scriveners dans le parc des Wood ! Vite, prenons un taxi !

Le superintendant ne comprenait rien à ce qui se passait, mais il se doutait que son vieil ami avait découvert une nouvelle piste et il n'osa pas l'interroger à ce sujet. Un quart d'heure plus tard, les deux hommes entraient dans le restaurant français qui, à cette heure-là, était désert.

Dans la cuisine du fond, ils trouvèrent le chef qui leur indiqua le bureau où, à travers une vitre, on voyait le dénommé Francis penché sur son livre de comptes. Il ne portait ni veston, ni cravate. Il avait retroussé ses manches de chemise, si bien qu'il ne ressemblait plus à un mannequin de mode mais plutôt à un joueur de tennis.

Sir Malcolm entra sans frapper, poussant violemment la porte afin d'impressionner le restaurateur qui, surpris, tourna la tête vers les deux arrivants.

– Monsieur Francis !

– En effet, mais que se passe-t-il ?

– Monsieur, vous êtes bien un ami de Mme Emma Page ?

– Heu, oui ! C'est une excellente cliente… D'ailleurs, je vous reconnais. Vous déjeuniez avec elle, il y a quelques jours. Mais de quel droit…

– Veuillez bien répondre à cette question précise, monsieur Francis : accompagniez-vous Emma Page à la kermesse donnée par le professeur Wood dans son parc en février dernier ?

– En février ? Oui. C'est mon restaurant qui organisait le buffet. Mais, encore une fois, de quel droit…

Le superintendant exhiba sa carte de police. Sir Malcolm reprit sur un ton un peu solennel :

– Monsieur, sans le savoir, vous avez participé à un meurtre.

– Un meurtre ?

L'homme commençait à paniquer. L'aristocrate poursuivit :

– Emma Page est votre maîtresse, n'est-ce pas ?

– Oh, fit-il un peu gêné, disons plutôt une passade…

– Une passade qui vous coûte cher, monsieur Francis !

– Elle vient de temps en temps déjeuner ou dîner gratuitement. C'est tout, vous savez…

Sir Malcolm désigna au superintendant la

machine à écrire qui se trouvait sur une petite table de secrétaire :

– Superintendant, veuillez faire analyser cette machine. C'est sûrement celle qui nous intéresse ! Quant à vous, monsieur, vous allez devoir nous suivre. Nous aurons besoin de vous comme témoin.

Le restaurateur ne comprenait visiblement rien à ce qui se passait.

– Mais, au moins, pouvez-vous m'expliquer...

– Lorsqu'Emma Page venait ici, avança sir Malcolm, elle ne faisait pas que manger au restaurant, n'est-ce pas ?

– Non. Mon appartement est situé au-dessus. Je suis célibataire. Nous faisions, hum, ce que nous avions à faire... Ensuite, elle allait et venait comme chez elle.

– Et il lui arrivait même de faire un peu de courrier dans votre bureau, suggéra sir Malcolm.

– Pas exactement du courrier... Elle restait parfois quelques heures de l'après-midi afin de m'aider à envoyer des papiers publicitaires pour le restaurant. Mais j'avais mes affaires... Je n'étais pas toujours à côté d'elle...

– Pouvez-vous nous montrer les enveloppes dont vous vous servez d'ordinaire pour envoyer ces publicités ?

Il ouvrit un tiroir et en sortit une enveloppe bleue, exactement conforme à celles qui avaient servi au corbeau.

– Vous aviez vu juste ! s'exclama Forbes. C'est ici qu'elle a tapé les enveloppes !

– Quelles enveloppes ? demanda encore le Français, de plus en plus intrigué.

– N'aviez-vous pas remarqué que votre stock d'enveloppes avait subitement diminué ?

– Vous savez, j'envoie près de cinq cents prospectus par semaine. J'achète les enveloppes par paquets de mille. Tenez, voici un exemplaire de ma publicité.

Il prit une feuille sur son bureau et la montra. C'était un prospectus décoré avec une tour Eiffel et un Arc de triomphe, promettant un verre de champagne pour les clients qui prendraient un menu à 70 livres au moins.

– Incroyable ! constata Forbes. Elle qui avait tout si bien monté... Et c'est elle-même qui vous avait invité ici !

– En fait, expliqua sir Malcolm, nous n'avions pas plus de raisons de perquisitionner ce restaurant que n'importe quel autre dans tout Londres. En m'y invitant à déjeuner, elle se donnait la rare satisfaction de jouer avec le feu à bon compte. Toujours le défi ! Elle ignorait que je me souviendrais de l'avoir aperçue en compagnie de ce Francis le jour de la kermesse. Et c'est ce détail qui l'a perdue ! Sans le Knockando des Speysides et sans les jeunes gens qui jouaient aux fléchettes dans le pub, je n'aurais sans doute jamais fait le rapprochement. Croyez-moi, Douglas, mes petites méninges sont de drôles de bêtes !

Et sur cette plaisanterie, il sortit du bureau en riant.

Chapitre 29

La tradition voulait qu'à l'issue d'une enquête le superintendant soit invité à un déjeuner à Falcon Manor. Six mois s'étaient écoulés depuis que sir Malcolm avait enfin découvert la preuve irréfutable de l'identité du corbeau. Le mois de novembre s'annonçait froid et pluvieux. Aussi Douglas Forbes, grippé, arriva-t-il au manoir de son grand ami tout engoncé dans la capote de drap vert octroyée gracieusement par le Royaume-Uni aux officiers de première classe, ce qui n'était guère de la dernière élégance...

– Tiens, fit Dorothea Pickwick en l'accueillant sur le pas de porte, vous voilà déguisé en pivert !

– Oh, ne me parlez plus d'oiseaux ! s'écria le brave homme en riant.

– Pour le déjeuner je vous ai pourtant cuisiné une excellente grouse ! répliqua l'irascible majordome. Je serais bien vexée que vous n'y goûtiez pas !

– Rassurez-vous ! Ce n'était pas de ce genre d'oiseaux dont je parlais !

Wen Chang aida le superintendant à ôter son manteau.

– Sir superintendant très pris de rhume !

– Un vrai cauchemar ! Des volières d'où je viens, il y avait de ces courants d'air !

– Nécessaire prendre ginseng et gingembre dans tuocha bien chaud, bonne tisane pour cervelle, sir superintendant !

– Je vous propose plutôt un whisky de douze ans d'âge ! s'écria sir Malcolm Ivory en apparaissant dans le hall. Que diriez-vous d'un Glen Moray ?

– Oh, sir, la boisson que vous voudrez ! Mais plus de ces cris d'oiseaux, je vous en supplie ! J'en ai les oreilles cassées.

– Vous venez de Putney, je suppose…

– La reconstitution du meurtre de ce pauvre Edward Page a eu lieu en présence du coroner, sir Edgar Fulton. C'est un homme consciencieux, exagérément même, mais bref… Rien de nouveau. Scalon a frappé Page avec le cheval de bronze alors que le marqueur des cygnes lui tournait le dos. Il a mimé le geste trois ou quatre fois. Ensuite il a montré comment il est sorti par la porte de derrière et a pris sa voiture pour s'en aller au moment où le professeur Wood entrait dans le bâtiment.

Ils s'assirent dans la véranda d'où l'on voyait la pelouse qui descendait jusqu'au petit lac arrosé par la Hamp. Quelques groupes de corneilles formaient des taches sombres sur l'herbe que le jeune domestique chinois tondait chaque semaine avec la conscience d'un vieux jardinier de Buckingham.

Forbes poursuivit :

– L'aubergiste, un nommé Goggle, avait été étonné de voir, ce jour-là, trois visiteurs se présenter chez Page : vous d'abord, plus tard Scalon qu'il reconnut formellement, et enfin Wood. Entre le moment où il a aperçu le romancier garer sa voiture et où il l'a vu repartir, il estime que cinq minutes à peine se sont écoulées. La Chevrolet de Wood était arrivée depuis deux minutes lorsque Scalon s'en est allé. Ils auraient pu se croiser.

– En fait, remarqua sir Malcolm, tout était calculé à la minute près. Mais comment cela a-t-il pu se faire ?

– Scalon a tout expliqué au coroner, répondit Forbes. Un plan d'une audace et d'une précision incroyables ! Il était entendu que lorsque le romancier arriverait à Putney, il téléphonerait d'une cabine pubique à Emma Page, ce qu'il a fait à cinq heures moins le quart ou moins vingt. Aussitôt elle a appelé le professeur Wood à sa clinique, l'exhortant de se rendre auprès de son mari en toute hâte. Elle savait que de la clinique à la volière il fallait compter un bon quart d'heure de voiture. Scalon devait donc tuer Page à cinq heures précises. Il porterait des gants et utiliserait le premier objet contondant qui lui tomberait sous la main. Emma se souvenait d'ailleurs de cette statuette de cheval qu'Edward gardait depuis toujours sur son bureau. La seule difficulté résidait dans la présence de Brixton, le valet. Emma lui a donc fait quitter son travail peu avant cinq heures sous le prétexte d'un coup de téléphone lui annonçant qu'il venait de gagner à une loterie imaginaire. Goggle et Brixton ont confirmé cette conversation téléphonique. Nous avons retrouvé la trace de ces appels. Mme Page téléphonait d'une cabine située en face du restaurant *Chez Francis* qui était devenu son quartier général à l'insu du Français.

– Beau travail ! fit sir Malcolm. Je vous félicite.

– Oh, sans vous, je n'aurais rien trouvé du tout ! Wood aurait été inculpé. Bref, j'aurais lamentablement pataugé.

Wen Chang servit le Glen Moray.

– Et comment a réagi Emma Page ? demanda l'aristocrate.

– Avec un cran stupéfiant ! Vous savez, il y a une force du diable dans cette femme-là ! Inculpée pour avoir monté toute l'affaire avec un machiavélisme sordide, elle continue à braver le coroner et les experts, à clamer son innocence contre toute évidence, à distiller une théorie fumeuse à laquelle elle oblige son avocat à se tenir. À l'entendre, c'est elle qui est victime d'un traquenard. Heureusement que vous avez découvert la machine à écrire dont le corbeau s'est servi pour rédiger les adresses. Sans cela, le coroner aurait dû la laisser en liberté au bénéfice du doute.

– Un détail aurait pu nous mettre sur la voie, fit sir Malcolm. Dans son cinquième message, en parlant d'Aggie Wood, le corbeau a dit « une femme si laide ». Seule une autre femme pouvait utiliser une telle expression, signe de son mépris, elle qui, à l'inverse se savait « si belle » ! Mais, dites-moi, Douglas, comment Thomas Scalon supporte-t-il son incarcération ?

– Les premiers mois ont été difficiles. Il croyait que l'opinion se retournerait contre lui et que, de ce fait, il perdrait sa bien-aimée clientèle de lecteurs. Et puis il s'est aperçu que l'intérêt soulevé par le procès lui apportait un regain de popularité. Il s'est donc remis à écrire un nouveau roman dans sa cellule. Le monde est stupéfiant !

– Naguère il aurait été pendu. Aujourd'hui on lui trouvera des circonstances atténuantes. Il a agi de façon préméditée, certes, mais par passion. Sa maîtresse l'a envoûté. Il n'était plus lui-même. Vous voyez le genre… Il s'en tirera avec vingt ans, et dans dix ans, s'il est bien sage, il sera libre.

– Le cas d'Emma Page est plus complexe, remarqua le superintendant. L'accusation relative aux lettres anonymes sera retenue, mais le juge acceptera-t-il d'admettre que ces lettres étaient destinées à influencer Scalon, ce qui fait d'elle non seulement une complice mais une instigatrice ? Rien n'est moins certain.

– Bah ! fit sir Malcolm. Cette femme a plus d'imagination que tous les tribunaux du monde, et infiniment plus de charme ! D'ailleurs quel a été au juste son mobile ? Hériter de son mari ? Par testament il ne lui laissait rien, même pas l'appartement de Battersea ! Se rendre libre puisqu'il refusait le divorce ? Il suffit d'analyser un instant la vie d'Emma pour s'apercevoir qu'elle n'a jamais manqué de liberté et que son union avec Page ne lui pesait pas du tout ! Se marier avec Scalon ? Il n'en a jamais été vraiment question entre eux. Elle et lui aimaient trop leur indépendance.

– Alors, demanda Douglas Forbes, s'il en est ainsi, pour quelle raison exacte Mme Page a-t-elle monté un scénario pareil ?

– Son mari avait formulé une phrase décisive à son égard : « Emma est un esprit trompeur dans un corps vorace. » En fait, elle était aussi et surtout un esprit vorace dans un corps trompeur. Il fallait à cette femme dominer son monde non seulement par sa beauté, ce qui lui était aisé, mais par son intelligence. Comprenez qu'elle n'acceptait surtout pas qu'on puisse la prendre pour une fille facile, une poupée jetable ! De ce fait, elle a utilisé les hommes comme des pantins. Le professeur Wood est devenu un collégien ridicule à son service. Francis, le beau Français, lui a servi de bureau. Scalon qui se croyait un don juan s'est changé en homme de main dévoué. Elle méprisait les membres du club et s'est amusée d'eux en leur adressant ces lettres ridicules. Quant à moi, elle me provoquait, espérant me faire croire que le corbeau était son mari ! Un seul homme a réussi à la dominer, et seulement durant un temps : Trafalgar Tudor, qui la faisait chanter en l'obligeant à se donner à lui dans sa turne infecte d'Ashley Street !

– Si je comprends bien, résuma le superintendant, Emma Page a tué son époux seulement parce qu'il la méprisait !

– C'est à peu près ce que penserait un psychanalyste. Car lorsqu'elle prétendait lui garder une certaine affection, ce n'était pas faux ! Il demeurait le père qu'elle n'avait pas eu dans son enfance. Elle jalousait ceux qu'Edward admirait, comme s'ils prenaient la place qui lui était due.

– Elle vous jalousait, vous, en particulier, sir Malcolm ! C'est pourquoi elle vous agressait par message interposé, attaquant vos origines, vous qui aviez eu la chance de naître dans une vraie famille. Et quelle famille !

– Elle se moquait même de ma recherche de la page manquante du roman d'Horace Wallace, parce qu'elle savait que son mari suivait ma quête avec une naïve passion. Comment se pouvait-il qu'Edward s'intéressât à une affaire pareille alors qu'il la délaissait ? Et je vais vous dire, Douglas, ce qui m'étonne : c'est qu'elle n'ait jamais tenté de faire mettre le feu aux volières de Putney !

– Comme le dit souvent Mme Forbes, mon épouse : « On voit vraiment de tout dans le monde ! »

Dorothea Pickwick apporta la grouse assaisonnée à la menthe sauvage et garnie d'airelles, suivi par Wen Chang qui, avec des manières de vieux chambellan, servit le chablis de l'année 1963 que son maître avait reçu directement du producteur français.

À ce moment, le téléphone sonna. La majordome déposa le récepteur mobile sur la table du repas avec un air de dégoût. C'était le major John Turner, le grand patron de Scotland Yard. Pour elle, cet homme était le diable, peut-être pire encore !

– Pardonnez-moi de vous déranger à l'heure du lunch, sir. C'est bien vous qui vous êtes occupé de l'affaire Page, le marqueur des cygnes de Sa gracieuse Majesté ?

– En effet, Major…

– Ah, je voulais vous dire… Son épouse, Emma, je crois, a fait déposer une requête par son avocat auprès du conseiller royal, lord Cavendish... Un homme très influent, vous le savez. Il semble qu'il ait quelque bonté pour cette dame...

– Depuis longtemps ?

– Une année, je crois.

– Et alors ?

John Turner était visiblement embarrassé.

– Alors, je voulais seulement vous prévenir qu'en dépit de votre témoignage et de votre remarquable argumentation, la Cour ne retiendra que l'accusation relative aux lettres anonymes. Autrement dit, Mme Page risque au maximum un an de prison avec sursis !

– Major, je vous remercie de m'en avertir, mais pour moi l'affaire est terminée. Le sort de cette dame m'importe assez peu. Mes orchidées ont plus d'attrait.

– Je pourrai donc compter sur votre aide pour une autre affaire ? Je craignais...

– Évidemment, Major ! Ce serait mal me connaître. Sachez que, comme le personnage de Ben Jonson, je place le bonheur de la déduction avant la joie de la réussite ! D'ailleurs, les amours du conseiller royal et d'Emma Page née Lindsey prouvent simplement que la beauté alliée à la malignité ont encore de beaux jours devant eux dans le royaume d'Henry VIII !

– Cette Emma serait-elle une Anne Boleyn ? plaisanta Turner.

– Tout juste une Catherine Howard ! répliqua l'aristocrate et il raccrocha en riant.

Puis, se tournant vers le superintendant, il ajouta :

– D'ici un an l'honorable conseiller royal Arthur Cavendish sera retrouvé assassiné et sa charmante maîtresse Emma Lindsey n'y sera pour rien ! Elle aura entre-temps pris la précaution de séduire le président-doyen de la Cour suprême de Londres !

Douglas Forbes se demanda s'il s'agissait d'une boutade ou d'une prédiction mais, n'y comprenant rien, il préféra tourner son regard vers le plat que Wen Chang lui tendait.

"Mais qui a tué l'ancêtre?"

Un crime chinois
Mary London

Mais qui donc a tué Brian Wallace, dernier descendant d'une illustre lignée ? Afin d'élucider cette mystérieuse énigme, le superintendant Douglas Forbes fait appel à son ami sir Malcolm Ivory, qui prête main forte à Scotland Yard pour les enquêtes les plus délicates. Mary London imagine là une enquête minutieuse, menée à huis clos par sir Malcolm Ivory, un maître ès indices au flair typiquement britannique.

(Pocket n° 11337)

Il y a toujours un Pocket à découvrir

Une tombe pour l'égyptologue

Le dernier crime d'Agatha Christie

Christopher Carter

Quand son ami, Howard Langton, un brillant égyptologue, est retrouvé assassiné à Assouan dans la chambre où a vécu Agatha Christie, le distingué châtelain écossais Lord Kilvanock décide de mener l'enquête. Assisté du brave et fidèle Angus Dodson, superintendant de Scotland Yard, Lord Kilvanock part affronter une galerie de suspects tous plus intrigants les uns que les autres, sur les terres d'Akhénaton, le pharaon maudit…

(Pocket n° 10938)

Achevé d'imprimer sur les presses de

BUSSIÈRE

GROUPE CPI

à Saint-Amand-Montrond (Cher)
en septembre 2002

POCKET - 12, avenue d'Italie - 75627 Paris Cedex 13
Tél. : 01-44-16-05-00

— N° d'imp. : 24873. —
Dépôt légal : octobre 2002.

Imprimé en France